AF390734

Classique Érotique

LA CHUTE DES VIERGES

Un récit érotique
au pensionnat

**Écrit par
Tap-Tap**

RETROUVEZ TOUS NOS GRANDS CLASSIQUES ÉROTIQUES

GRANDS *classiques* .com

sur www.grandsclassiques.com

1

Une jolie journée printanière pour un début de saison permettait aux élèves de l'Institution Sticker de circuler par les jardins et de s'y grouper par divisions, sous la surveillance bénévole de quelques sous-maîtresses, devenues très indulgentes pour les récréations depuis que la sévère miss Sticker se soumettait à toutes les volontés plus ou moins occultes de sa chère Reine de Glady, la Française.

Si les classes suivaient leur programme, si les heures d'études demeuraient immuables, bien des licences s'octroyaient et les anciennes n'auraient plus reconnu les mœurs de la maison où elles firent leur éducation sous une discipline des plus rigides. Une large tolérance encourageait les jeunes et gentilles miss à écouter les conseils de coquetterie et à soigner leur toilette comme leur conversation. La tenue uniforme s'agrémentait de rubans et de fanfreluches, d'adjonctions intelligentes à la robe, sous laquelle s'affinaient les traits et se devinaient les dispositions et les développements physiques. Quelques-unes même portaient des toilettes à leur goût où l'harmonie des couleurs chatoyantes semblait plaquer sur certaines pelouses du parc de superbes fleurs fraîchement écloses. La confiance qui s'incrustait dans les cours, l'impression d'un mystère de plaisir facile à découvrir, animaient les visages et stimulaient les âmes. Certes, beaucoup de ces jeunes épouses féminines, avaient déjà pressenti le vice qu'inoculait Reine, mais celle-ci se trouvait tellement accaparée par la faveur de miss Sticker, et par quelques caprices personnels, qu'elle ne pouvait agrandir le nombre de ses conquêtes à travers tous les rangs de l'Institution, comme elle l'aurait désiré. Elle aimait toujours avec autant d'ardeur la variété, le fruit nouveau fut-il à peine incorporé dans la première division, elle ne parvenait à rédimer celles qui étaient ses passions vibrantes, de façon à gagner assez de temps pour aspirer une nouvelle essence d'amour en formation, selon son expression. Et pour arriver à ne pas négliger de s'assurer des fillettes qui commençaient à mordre à la perversité, elle avait ici et là des rabatteuses intelligentes qui les lui signalaient et les lui amenaient.

À travers les pages de ce livre réel, on aura le loisir d'étudier cette nature curieuse et érotique qu'était Reine ; rien de sa part n'est donc pour étonner. Elle aimait le saphisme actif, comme d'autres aiment l'homme, comme certains hommes la femme, les femmes, c'est-à-dire à ne jamais se rassasier, et à vouloir toujours avoir sous la main une nouvelle proie à déguster et à former. Et par cette belle journée, une de ses rabatteuses, la petite Betty de Rosell, une enfant de treize ans, entourée d'un groupe d'une dizaine de fillettes de douze à quatorze ans, les catéchisait dans un entrecroisement d'allées, non loin d'autres groupes qui s'ébattaient à divers jeux, au milieu de carrés d'arbres, on l'écoutait et on discutait avec des yeux qui brillaient, avec des marques d'approbation ou de protestations, mais on l'écoutait accomplissant son œuvre de démoralisation et disant :

— Elle passera tout à l'heure et je la suivrai : elle vous regardera et celles qui se toucheront le genou pourront la suivre comme moi, si elle pose une main sur leur épaule ; celles-là sauront ce que c'est bon d'être caressée par ses doigts et par ses lèvres ; elles voudront toujours recommencer et elles seront bien contentes d'avoir une amie comme Reine.

— Moi je trouve que c'est honteux, s'écria une blonde, d'une joliesse de visage parfaite, une fine et exquise fillette, approchant de ses quatorze ans, au corps dégingandé par de longues jambes aux mollets à peine saillants, qu'on apercevait sous sa robe très courte pour l'âge, robe rouge sur des bas noirs. Oui, continua-t-elle, c'est dégoûtant, et si je m'écoutais, quand elle passera, je lui cracherais à la figure.

— Tu t'en garderas bien, répondit Betty, et si ça ne te plaît pas, conserve tes idées et n'empêche pas les curieuses de connaître au moins une fois le plaisir qu'elle procure. Moi aussi, je me défiais, j'avais peur, puis, lorsqu'elle me l'a eu fait, je me serais jetée à ses genoux pour que ça durât plus longtemps. Malheureusement c'est trop court, on n'a pas assez de temps et on m'a dit que les grandes se la disputaient.

— Oh ! moi, j'essaierai bien, dit une brunette aux yeux vifs.

Les avis se partageaient ; des colères et des menaces s'ajoutaient à la protestation de la jolie blonde, Hilda Lauthemann ; on aperçut une belle et ravissante fille qui s'avançait, avec au cou un grand ruban bleu, d'où pendait un cœur en or, insigne d'application et de mérite constant ; c'était Reine qui, lentement, s'approchait du groupe, une fleur à la main, l'allure très calme et très sûre, et qui, sans se préoccuper de l'attitude plutôt hostile des fillettes, vint à Betty et lui dit :

— Tu veux faire joujou, ma petite chérie ?

— Oui, et regardez, il y en a quelques-unes qui ne demanderaient pas mieux que de nous accompagner.

Des rougeurs sur les joues, des mines embarrassées, des hésitations se trahissaient chez celles décidées à écouter le conseil de Betty ; Reine lança un regard circulaire et sourit, les mauvais vouloirs se turent, la brunette se toucha le genou, Reine lui donna à aspirer une seconde fleur qu'elle tenait à la main ; une autre l'imita, et tout à coup Hilda, la protestataire, à son tour, fit le signe et reçut le consentement sollicité.

— Quatre, c'est suffisant, murmura Reine, si plus tard d'autres désirent, on verra.

Ce fut comme un regret, et même parmi celles qui tantôt menaçaient, deux à trois ne cachèrent pas leur dépit.

Reine, impassible continuait sa route, et, à quelques pas derrière elle, ses élues l'escortaient, causant et troublées aux instructions que leur donnait Betty.

— Je passerai la première, disait-elle, et vous jugerez combien c'est trop vite fait ! On enlève ses jupes par devant, Reine ouvre votre pantalon, soulève votre chemise, vous régale d'une grosse caresse au milieu des cuisses, et à une autre. Ça ne te révolte donc plus, Hilda ?

— Elle m'a magnétisé avec ses yeux qui fouillent ! Mais je n'ai pas encore bien consenti.

— Ne sois pas bête, au moins à cause de nous ! Ne vas pas nous la fâcher.

— Ne vous inquiétez pas.

Reine accélérait sa marche ; elle avait dépassé les parties animées du jardin ; sur sa route, comme si tout eût été réglé par une entente tacite, les fillettes activaient leurs jeux, tournoyaient autour des maîtresses si elles paraissaient regarder de son côté, et assuraient ainsi la sécurité de ses foucades. Oh ! l'influence de la Française se révélait jusque dans les moindres choses, et ses compagnes s'accordaient à merveille pour se protéger les unes des autres, pour la favoriser dans ses entreprises perverses. Brusquement elle s'engagea dans une allée touffue, bordée d'arbustes toujours verts, hâta encore le pas en voyant ses quatre poursuivantes qui venaient de tourner, et se réfugia dans un grand carré de pelouses, où l'œil le plus exercé ne pouvait rien apercevoir de ce qui se passait.

Relevant sa robe par derrière pour ne pas la salir, elle s'assit sur une pente, et d'un signe de tête appelant les fillettes qui pénétraient à leur tour, elle leur fit former le cercle pour leur parler.

« Vite, chéries, ne nous attardons pas, Betty vous a mises au courant, je vais vous faire une caresse comme vous n'en connaissez pas : vous deviendrez ainsi mes petites amies, et nous nous retrouverons pour encore mieux nous amuser. Commençons, Betty. »

Betty, les jupes retroussées jusqu'à la ceinture, approcha les cuisses de son visage, en se plaçant presque à cheval sur ses épaules. Glissant la main, Reine lui entrouvrit le pantalon, souleva la chemise et découvrit le jeune conin encore imberbe. Elle y colla la bouche avec avidité, aspira avec gloutonnerie, darda à plusieurs reprises la langue, picotant et chatouillant les chairs, pelota les fesses avec les mains en croc et murmura :

— Tourne-toi de l'autre côté.

La même manœuvre s'exécuta sur le postérieur, et les trois fillettes spectatrices, ignorant encore l'effet de ces caresses, frissonnaient en voyant leur compagne se prêter avec délices aux attouchements libertins de la bouche et de la main de Reine.

— Quel dommage que ce ne soit pas plus long ! dit avec regret Betty.

Reine la repoussait et attrapait la brunette, qu'elle expédia un peu plus promptement, ainsi que la suivante et arrivait à Hilda qui, pâle et tremblante, se plaçait en position, les jupes ramassées à la ceinture. À celle-ci, palpant les mollets, Reine s'écria :

— Tu es la plus âgée et tu es la plus maigriotte ! C'est drôle. Comment t'appelles-tu ?

— Hilda Lauthemann, j'ai quatorze ans dans un mois : nous n'avons jamais causé ensemble.

Reine, qui avait assez peloté les mollets, ouvrit le pantalon, releva la chemise, et salua à sa façon l'apparition des cuisses par un coup de nez sur le conin et un court baiser sur le clitoris ; elle l'appliqua ensuite sur la bouche comme si elle allait avaler les sexualités, un long frisson secoua Hilda, l'aspiration fut plus longue, mais les coups de langue plus rapides ; la faisant retourner elle donna plus de liberté aux fesses plus formées que le reste du corps et, le constatant, elle dit :

— À la bonne heure, ton derrière s'annonce bien supérieur à ce qu'on attendait ; tiens, voilà une languette et une chaude caresse.

— Ah ! Ah ! Ah ! ce que ça chatouille, fit Hilda, déjà repoussée par Reine.

Betty se trouvait en première ligne.

— Va, lui dit Reine, c'est ton droit de privilégiée puisque c'est grâce à ton aide que je possède ces nouvelles petites amies, avec qui on recommencera d'autres fois.

— Oh ! oui.

— Allons vite, Betty, montre combien je suis gentille pour qui l'est avec moi.

Se renversant sur le dos, Reine voyait s'abattre sur sa tête les cuisses de Betty, comme si elle allait se mettre en soixante-neuf avec elle ; appelant les fillettes d'un signe, elle s'exhiba le visage sous les sexualités de sa rabatteuse et fit voir qu'elle la gamahuchait, tout en enfonçant son petit doigt dans le trou de son cul ; l'ayant retiré, elle claqua légèrement le postérieur, le repoussa en avant : sans qu'elle s'y opposât Betty lui releva les jupes, étala aux yeux de ses compagnes très attentives ses cuisses grasses et rondelettes, son minet blond fauve qu'elle embrassa, après quoi sur un coup de genou de Reine, elle dut abandonner la place.

Reine se redressait et Betty examina si nulle trace de poussière ou d'herbe ne la tachait.

— Êtes-vous satisfaites, mes petites chéries ? s'informa la

Française.

— On voudrait toujours s'amuser ! répondirent-elles en chœur.

— On se reverra, mes mignonnes. Sauvez-vous, et qu'on ne vous surprenne pas.

Les fillettes obéirent, et Hilda, qui protestait tant, en fut une des plus chagrinées. Elle aurait bien voulu être à la place de Betty.

Telle fut la première aventure galante de miss Hilda Lauthemann, une des plus prudes et des plus collet monté de l'Institution Sticker.

Cette aventure la laissa rêveuse plusieurs jours. Elle commençait à reconquérir son calme, lorsqu'un soir à l'étude, Betty, qui était sa voisine de pupitre, rentrant, lui dit tout bas :

— Demande à aller au water-closet, Reine t'y attend, j'ai promis que tu t'y rendrais.

— Ah !

Cette fois-ci, elle n'hésita pas ; la permission ne pouvait lui être refusée : elle courut à cet étrange lieu de rendez-vous ; la porte en était entrebâillée ; elle n'eut qu'à la pousser et à pénétrer ; elle aperçut Reine qui lui disait :

— Ferme vite la targette et ôte ton pantalon, tu me conserveras un souvenir encore meilleur que l'autre jour.

Elle se sentait envahie d'une ivresse indéfinissable ; sans un mot elle détacha son pantalon que Reine lui sortit des pieds, et alors vit celle-ci s'accroupir sur le tapis, lui remonter les jupes vers la ceinture en la priant de les tenir, et coller la bouche sur le conin.

Bien des salons n'auraient pas parus plus beaux à ses yeux que ce water-closet très propre et du reste très soigné, avec son trône posé sur trois marches, son tapis, ses lavabos, etc. Reine se précipitait en ses minettes et ses feuilles de rose, ronronnait :

— Tu seras dans les chaudes, ma petite, ça se devine à ton odeur féminine ! Es-tu heureuse ?

— Le bonheur me transporte.

— Là, là, hélas ! je ne puis te garder trop longtemps et je veux éprouver quelque chose avec toi. Veux-tu me voir ?

— Je n'osais te le demander.

Reine se retroussa, et toujours sans pantalon, depuis qu'elle régnait sur miss Sticker, elle permit à Hilda d'admirer son ventre blanc et satiné, ses poils blond fauve, son con souvent arrosé par Jean Sticker et Fréfré, qui continuait son service d'amant à toutes les occasions se présentant, ses cuisses grasses et dodues, son cul ferme et solide avec ses deux pommes à croquer sans hésitation.

— Viens un instant sur mes genoux, ton derrière nu sur mes cuisses et tu me diras l'effet que ça te produira, dit Reine.

Elle s'assit sur la première marche du trône, installa Hilda comme elle l'indiquait, et sentit le derrière en feu de la fillette sur ses cuisses.

— Bon, bon, dit-elle, tu es prête à jouir, tu jouiras avant de partir.

Rapidement, elle glissa le doigt à son clitoris, le branla avec délicatesse, puis avec vélocité, et Hilda faillit pousser un cri de délire, tant la sensation lui survint fougueuse.

Reine, saisissant ses lèvres entre les siennes, lui dit :
— Maintenant, je suis sûre de te voir courir après moi ! Remets ton pantalon et va-t'en.

Hilda partit, étourdie, folle ! Cela n'avait pas duré cinq minutes.

Telle fut sa première jouissance amoureuse !

Elle eût bien voulu la goûter souvent. Mais il fallait attendre les bonnes dispositions de Reine, occupée ailleurs, et que courtisaient maîtresses et élèves.

Le tempérament de la fillette éveillé, elle n'aspirait pas à une autre amie que celle qui l'initia à la volupté ; avec elle seule, elle sentait qu'elle vibrerait. Pour supporter les ennuis de cette attente, dont elle ne pouvait préciser la longueur, elle joua avec les plus enragées sauteuses de corde ou amatrices de cachette, courant à travers les allées et les carrés, tant et si bien que, dépassant à une récréation les limites extrêmes assignées aux élèves, elle se trouva près d'un pavillon de garde, et distingua un homme en manches de chemise qui pissait contre un arbre.

Arrêtée de saisissement, elle regarda cette fontaine jaillir de ce robinet humain ! L'homme l'avait aperçue, et, sans pudeur, tournait vers elle ce gros bout de chair qu'il tenait à la main. Elle rougissait et riait, elle avait peur, avec le courage de la curiosité ; il l'invitait à se rapprocher, en caressant de son autre main cette machine qui s'allongeait et semblait bien amusante. En somme, elle connaissait l'homme, le mari de Margareth, une brave servante qui s'occupait souvent des petites commissions des élèves : c'était un homme pas méchant, certainement. Elle prit sa détermination, elle voulait voir de près cette chose qui se levait si droite ; elle vint à l'homme qui l'attira derrière un buisson, et lui glissa sa pine dans la main.

Pas une parole : elle la tripotait, la serrait, la pressait, manipulait, et tout à coup il la poussa sur le côté, la machine toute rouge et toute gonflée lançait une espèce de lait grisâtre et gluant qui aurait taché sa robe sans cette précaution.

Quel phénomène curieux, tout de même ! Elle lâchait la machine qui devenait molle, et le mari de Margareth lui disait :

— Venez tous les jours par ici, je suis seul, et on vous accordera la vue de cet outil. Ça vous plaît-il ?

Elle répondit oui, et le lendemain elle ne manquait pas d'accourir au rendez-vous.

Cette fois, l'homme, Hippolyte, ne tenait pas sa machine à la main ; mais dès qu'elle l'eut rejoint, il la conduisit dans le pavillon et la pria de lui montrer ce qu'elle cachait sous ses jupes, si elle voulait qu'on recommençât le manège de la veille. Elle était aguerrie par ses deux rencontres avec Reine, elle ne refusa pas de se retrousser, et il fourra la main dans son pantalon pour chatouiller son conin. Il esquissa une grimace devant le peu de poils qui constituaient le minet, cessa de peloter, et se décida à sortir sa queue.

Elle ne bandait pas ; l'âge de la fillette, sans l'imprévu de la veille, n'influençait pas les sens de l'homme : elle la manipulait maladroitement, alors il lui dit :

— Voulez-vous qu'elle grossisse et durcisse comme hier ?

— Oh oui !

— Eh bien, mettez-la dans votre bouche et vous verrez qu'elle gonflera tout de suite.

Elle eut un instant de pudeur puis sans aucune objection, elle s'agenouilla et la suça, la science de luxure lui venant. En effet, la pine prit du volume, s'enfla, s'allongea, se raidit, et il l'arrêta à temps pour ne pas lui cracher son sperme dans la bouche ou sur son corsage.

— Ah ! s'exclama-t-elle, j'aurais bien bu tout ce lait-là, je ne le crains pas.

— Alors, à demain, répliqua Hippolyte, résolu à tirer tout ce qu'il pourrait de l'aventure.

Hilda ne pensant plus à Reine, qui du reste l'oubliait, devint une suceuse de premier ordre. Elle savait manœuvrer la queue d'Hippolyte de telle façon que, sitôt dans sa bouche, elle ne tardait pas à décharger. En vain celui-ci eût bien voulu varier ses plaisirs et essayer dans le cul d'Hilda un dépucelage qu'il n'osait attaquer entre les cuisses, elle l'asticotait avec de si gentilles manières qu'il lui fourrait la queue dans le gosier et y jetait son foutre.

Ce qui devait arriver arriva. Un jour, miss Sticker, traversant une allée, aperçut Hilda qui courait vers le pavillon : elle comprit que quelque chose d'anormal se passait, elle y alla de son côté, regarda par une fenêtre dont on n'avait pas baissé les rideaux, aperçut la fillette à deux genoux entre les cuisses d'Hippolyte, engloutissant et repoussant la queue avec la bouche et se tenant les jupes relevées par derrière, le pantalon ouvert, pour qu'il pût jouir de la vue de son cul, lorsqu'il déchargeait et qu'elle avalait son sperme, se prosternant ensuite à ses pieds afin qu'il reconquît de la vigueur.

Le spectacle de cette fillette suçant avec ardeur cet homme d'une condition inférieure, le tableau de ses fesses sous sa jupe rouge et le pantalon blanc dont les mains s'appliquaient à bien écarter les rebords. La vue de la fin de la scène, où, le sperme absorbé, elle tomba à quatre pattes, haussant le postérieur, exaspérèrent les sens de miss Sticker, un peu blasés depuis l'abus de ses plaisirs avec Reine et Nelly Grassof, ses deux concubines, mistress Gertrie se trouvant depuis trois mois absente, en compagnie de son mari.

Fallait-il intervenir et brusquer la situation ? Il lui répugnait de chasser Margareth et Hippolyte, de la fidélité et du dévouement desquels elle était sûre, en dehors de cette sale affaire. Non, cette petite Hilda ravivait ses désirs assoupis, elle lui procurait une étrange sensation d'appétit charnel qui la secouait de sa léthargie : la vie circulait vivace, ardente dans ses veines. Il importait d'agir au plus tôt, de prendre la fillette en simple faute de désobéissance, et de ne pas compromettre l'homme. Brusquement, elle toussa pour annoncer sa présence : en un clin d'œil, Hippolyte se rajusta, et Hilda debout se précipita vers la porte pour fuir. Elle se trouva face à face avec la directrice qui, s'étonnant, lui demandait :

— Que faites-vous ici, miss Hilda ?

— J'avais couru, miss Sticker, je me reposais un moment.

— Ah ! vraiment ! Attendez-moi. Hippolyte, vous ne devez pas recevoir les élèves ici, vous le savez. Je suis très mécontente.

— Cette jeune miss avait tellement couru, qu'il y aurait eu inhumanité à lui refuser de se reposer.

— Je vous le défends pour l'avenir. Je venais vous chercher car j'ai besoin que vous alliez en Écosse pour quelque temps.

— Ah !

— L'affaire de cette élève passe avant. Je vous attendrai ce soir après votre dîner. Suivez-moi, miss Hilda.

Hilda était plus morte que vive : elle tremblait de tous ses membres en grimpant l'escalier, quand elle vit miss Sticker pousser les verrous, elle se jeta à ses pieds, l'implora :

— Grâce, grâce, Miss, je ne m'arrêterai plus dans le pavillon.

— Me prenez-vous pour une imbécile, miss Hilda, j'ai tout vu.

Le coup fut si imprévu que la pauvre fillette se prosterna, le front à terre, embrassant les souliers, le bas de la robe de la directrice, la suppliant de l'épargner, de ne pas la tuer.

Sous la robe de miss Sticker, Jean bandait comme cela ne lui arrivait plus depuis des semaines, malgré toutes les mignardises de Reine.

— Je vous pardonnerai, Hilda, si vous relevez vos jupes

comme vous le faisiez aux pieds de cet homme.

— Bien volontiers, Miss, tenez, était-ce ainsi ?

L'Anglaise s'affalait, jetait ses petits jupons sur les reins, étalait ses jambes maigrelettes, sortait ses fesses, les bombait, se rappelant en cet instant les bruits qui couraient et qui attribuaient à Reine le don d'émouvoir les sens de la directrice. Ah ! si elle pouvait avoir envie d'elle !

— Avant d'être ainsi à mes pieds, miss Hilda, vous aviez la tête sur certain objet que je ne veux pas nommer.

— Si vous en possédiez un, je le placerais de même.

— Embrassez-moi les mollets comme vous m'embrassez les pieds, embrassez-moi les genoux, embrassez-moi les cuisses, que voyez-vous, miss Hilda ?

— Oh ! Miss, vous êtes comme Hippolyte, vous n'êtes pas une femme.

— Si vous prétendez une pareille chose, Hilda, vous m'obligerez à vous enfermer dans un cachot pour le restant de votre vie.

— Je ne le dirai pas, Miss, je ne le dirai pas : vous voulez que je l'embrasse, que je le caresse ! Oh ! je préfère bien le vôtre à celui d'Hippolyte !

Hilda se mit à sucer Jean Sticker, ne comparant pas encore sa queue à celle du jardinier ; elle ouvrait la bouche, entourait le gland d'un coup de langue, descendait les lèvres le long de la pine, la gardait enfermée en entier, la chauffant de son haleine, et Jean, déjà en érection, jouit presque aussi vite que la première fois Hippolyte. La sensation fut si forte, si énergique, qu'elle maintint la tête de la fillette en position. Hilda murmura :

— N'ayez pas peur, j'avalerai tout… tout.

Oh ! sensation inouïe ! Qu'était celle procurée par Reine à côté ! Non, non, la favorite ne pouvait rivaliser avec cette langue qui chatouillait la pine pour faire disparaître la moindre trace de sperme ! Comme elle s'y entendait bien, cette merveilleuse enfant ! Il n'y avait plus qu'elle au monde !

À peine Hilda avait-elle sucé tout le foutre, qu'elle se voyait attirée dans les bras de miss, asseoir sur ses genoux, prendre la bouche dans la sienne, qu'elle se voyait adulée, caressée, pelotée !

— Ah ! s'exclama-t-elle, répondant de son mieux à cette fougue, jamais Hippolyte n'a pu recommencer, et votre machine redevient gonflée et dure ! Voulez-vous que je la suce encore longtemps, longtemps ?

— Dis-moi tu, mon ange, et donne-moi ton gentil derrière, puisque tu es trop jeune pour le reste. C'est dans ton cul que j'entends faire couler ce nouveau jus.

— Oui, oui, je veux bien, tenez, le voilà.

— Dis-moi : tiens.

— Je n'ose pas. Si, si, tiens, je te le donne.

— Appelle-moi : « mon Jean ».

— Mon Jean.

— « Mon amant ».

— Mon amant !

Une vigueur extraordinaire décuplait les forces de Jean Sticker : il avait bondi sur les reins d'Hilda qui s'affaissait comme une petite chienne et, dardant la queue entre ses fesses, il la poussait, arrachant un petit cri plaintif à la jeune enculée.

— Ne crains rien, mon amour, si ça fait mal au début, tu jouiras ensuite !

— Je ne crains rien ! Ça fait mal quand ça rentre et quand ça ressort ! Je voudrais bien que vous la laissiez dedans.

La petite Hilda fut satisfaite : d'un coup rude de boutoir, Jean introduisit sa queue et une seconde éjaculation se produisit presque aussitôt.

Debout maintenant, elle la fit asseoir sur une chaise, retira les targettes, et sonna sur un bouton électrique.

— Priez Madame Clary de venir, dit-elle à une servante qui se présenta.

Et celle-ci étant accourue, elle lui dit :

— Clary, vous allez retirer à Reine le ruban du mérite : vous l'enverrez ensuite à l'infirmerie, où elle restera consignée, sans qu'on la laisse communiquer avec personne.

— Quoi, Reine ?

— Elle empaquettera ses effets avant de monter à l'infirmerie, parce que, en la quittant, je lui donnerai une autre chambre.

— Oh ! miss Sticker, murmura Hilda.

Clary jeta alors un regard sur la fillette, vit sa robe fripée, examina le teint animé de la directrice et, comprenant, s'écria :

— Le ruban est pour miss Hilda ?

— Et la chambre de Reine aussi !

— Je salue cette chère petite étoile, dit Clary, mais Reine

vous manquera tôt ou tard, Miss, si vous m'en croyez, on usera de ménagements.

— Agissez comme vous l'entendrez, Clary, vous avez pleine liberté, j'ai confiance dans votre tact. Je tiens à avoir sous la main, à ma portée, cette petite Hilda.

Clary, très habile courtisane de l'astre qui se levait, s'approcha de la fillette, et, la serrant dans ses bras l'embrassa avec effusion, tout en lui soufflant dans l'oreille, tandis que miss Sticker, sur la porte, lisait une note apportée par une servante :

— Saisissez l'importance de ce qui vous arrive, ma petite, et suivez mon conseil : ne vous brouillez pas avec Reine.

— Je n'en ai nulle envie, bien au contraire.

Miss Sticker étant sortie dans le couloir, Clary reprit :

— Je pense, miss Hilda, que vous me ferez connaître les qualités qui vous ont subitement valu l'attention de notre chère directrice. Je vous promets en revanche, si vous nourrissez quelques petites fantaisies, d'aider à les satisfaire. N'oubliez pas que je suis la surveillante générale et que mon assistance vous est indispensable. Vous êtes bien jeune pour le rôle où l'on vous appelle. Mais ici, rien ne me surprend plus.

Cette phrase en apprenait plus à Hilda que tous les événements dont elle subissait l'influence. Elle remplaçait Reine auprès de Jean Sticker, et les faveurs dont celle-ci jouissait, elle en bénéficierait désormais. Elle eut un mouvement naturel de vanité qui lui fit répondre :

— Si je suis jeune, madame Clary, je sais bien des choses, et j'aurai certainement recours à vos bons offices pour mes légers caprices. Vous m'indiquerez, pour votre part, les complaisances que vous désirez, et je ne vous les refuserai pas.

— Nous causerons de cela ce soir, dans votre chambre, avant de vous coucher.

— Et si miss Sticker se trouve avec moi ?

— Il n'y a pas de danger, elle vous garderait plutôt dans la sienne.

— Je vous attendrai, Clary…

Et Hilda, après deux rencontres avec Reine, suceuse d'Hippolyte Grandsen et de Jean Sticker, dépucelée du cul par ce dernier, acceptait la succession de celle qui était loin de se douter d'une aussi soudaine et imprévue disgrâce.

2

Le ruban du mérite au cou, Hilda retourna à son étude, peu après son installation dans la chambre de Reine. Il apparut à tout le monde qu'un événement important venait de s'accomplir. Le ruban ainsi octroyé à la fillette ne laissait pas que de surprendre. S'il était devenu l'insigne de la faveur dont on jouissait auprès de miss Sticker, pour les mois écoulés, depuis que le portait Reine, il ne s'appuyait pas moins sur la valeur du travail fourni, et sur ce point, la Française restait à la tête de toute l'Institution. Jamais ni ses devoirs, ni ses leçons ne clochèrent, tandis qu'au contraire, pour Hilda, les notes de paresse et de mauvais vouloir l'emportaient sur les bonnes. Très inégale de caractère, on l'a vu par ses protestations contre les saletés de Reine, oubliées presque de suite, elle avait aussi de la vanité et de l'esprit de domination. Or, ce qui lui advenait pouvait bien lui tourner la tête. Elle le prouva dès son retour à l'étude où la sous-maîtresse ayant cru devoir lui adresser une observation sur ce qu'elle ne s'occupait pas de sa classe du lendemain, elle répondit que miss Sticker la dispensait de travail pour le reste du jour, et qu'elle allait prendre l'air parce qu'elle souffrait de la migraine. La sous-maîtresse comprit à son ton la puissance du ruban et lui dit :

« Vous avez raison, ma petite, allez prendre l'air, vous ne travailleriez que mal. »

Les apparences étaient sauvées pour les élèves.

Le métier de sous-maîtresse, et même de maîtresse de classe menaçait de ne pas devenir commode dans l'Institution Sticker, avec ces favorites qui se levaient et pouvaient se remplacer. Au moins, avec Reine, l'autorité était respectée, et jamais elle ne contraria le personnel enseignant ou surveillant dans l'exercice de ses fonctions. Avec Hilda, il s'affirmait dès le premier jour que, moins formée au moral aussi bien qu'au physique, elle userait et abuserait de la bonne fortune inattendue qui lui survenait. En effet, sortie de son étude, elle s'arrêta tout d'abord devant une grande glace, au bout d'une galerie, pour s'y admirer parée du ruban du mérite, et se sourire, se faire des grâces. Puis, elle traversa le vaste hall principal d'accès où s'occupait en cet instant une servante à divers soins d'époussetage. Elle s'apprêtait à ouvrir la porte pour sortir sur les terrasses, lorsque la servante lui demanda si elle en avait l'autorisation. Elle montra simplement le ruban attaché à son cou. On n'avait qu'à s'incliner, ce que fit la servante, et Hilda se sentit fière de l'autorité qu'elle se voyait exercer.

La nuit qui peu à peu tombait sur les allées et les obscurcissait, éveillant ces instincts d'effroi qui gisent encore chez nombre de fillettes, elle hésita à s'aventurer au-delà des terrasses, et, s'accoudant sur la balustrade, elle réfléchit à la bizarrerie du sort la faisant trébucher dans la luxure, elle qui, quelques semaines auparavant, déclarait honteuses, dégoûtantes, ces pratiques, lorsque Betty commençait à exercer son travail de rabatteuse. Cela avait du bon, puisque, à côté du plaisir qu'on s'y procurait, on acquérait le droit de demeurer une ânesse : car elle se promettait de travailler le moins possible, dût-elle sucer miss Sticker à toutes les heures du jour et de la nuit. À l'idée de la directrice, elle éprouva alors la stupéfaction de la découverte de son sexe réel, et de l'enculage qui s'ensuivit. Elle ressentait à ce sujet plus de honte que pour tout le reste. Cette pollution interne où elle fut entraînée presque par force lui semblait attentatoire à sa petite dignité. Elle s'accoutuma cependant à l'idée de la récidive : n'était-ce pas le véritable lien de complicité avec miss Sticker, et par lequel, elle le comprenait, son empire s'assurerait plus de durée que par les fredaines de la bouche ? Un doute la tracassa. Pourquoi donc remplaçait-elle Reine, bien plus jolie fille qu'elle ne l'était, et avec des beautés corporelles autrement avancées que les siennes ! Pourquoi ? Et, justement, parce qu'elle était plus jeune, plus fillette ; quant au visage, dans le fond de son cœur, Hilda ne croyait pas qu'aucune de ses compagnes supportât la comparaison avec elle.

Elle rêvait à tout cela, déjà femme par l'émancipation de son derrière, lorsque la porte du hall s'ouvrit : à la clarté qui en résulta sur la terrasse, elle reconnut Hippolyte qui sortait et s'approchait d'une allée non loin du lieu où elle se trouvait. Se précipiter vers lui fut le résultat d'une impulsion.

— Vous partez, Hippolyte ? interrogea-t-elle.

— Vous ici ! Que faites-vous ?

— Je prenais l'air, parce que j'ai mal à la tête.

— On ne vous a donc pas enfermée ?

— Non, au contraire !

— Comment, au contraire !

Elle comprit qu'elle se lançait dans une fâcheuse indiscrétion et elle reprit :

— Au contraire, c'est-à-dire qu'on m'a grondée, punie, et comme j'ai dit que j'étais malade, on m'a accordé de sortir quelques secondes.

Elle l'avait accompagné quelques pas à travers le sombre d'une allée, elle ne craignait plus rien et elle voyait bien qu'il ne demandait pas mieux. Elle ajouta :

— Voulez-vous que je vous suce, Hippolyte, l'occasion est bonne, et qui sait si on recommencera jamais ?

— Oui, venez par ici, sous le taillis, l'allée n'est pas assez sûre.

Il s'enfoncèrent derrière des ifs dans un coin retiré bien entouré de buissons ; il ôta sa blouse, la jeta sur le sol et dit :

— Agenouillez-vous là dessus, vous ne vous salirez pas.

Elle était déjà en position devant sa culotte d'où il sortait sa queue, elle la saisissait avec passion de ses deux mains. Elle lui donna de suite une chaude caresse, elle avait appris à l'apprécier, à l'aimer. Plus forte et plus grosse, plus raide et plus solide que celle de Jean Sticker, elle possédait aussi davantage l'odeur d'homme, et cette odeur lui délectait les narines, adorant ainsi ce qui en eût fait reculer plus d'une. Mais, quand on s'y accoutume, l'odeur de bouc exerce son excitation sur les sens, comme le faisandé agit sur les amateurs de gibier. Elle masturba quelques secondes avec amour, se tapotant le bout du nez avec le gland, il s'impatienta et murmura :

— Dépêchez-vous, miss Hilda, on peut vous chercher, et cette fois cela tournerait mal, si on nous surprenait encore ensemble.

Elle obéit, glissa la queue dans sa bouche, la pressa dans ses lèvres, la picota de sa langue, suçant et tétant, s'arrangeant pour tout ingurgiter, passant les mains sous les couilles pour chatouiller, activer le plaisir.

— Ah ! soupira-t-il, quel malheur d'être envoyé en Écosse !

— Oh ! oui, répondit Hilda sans lâcher la queue, ce qu'on se serait amusé tous les deux, Hippolyte !

À ce moment, le jet gicla dans sa bouche, et, pour qu'il n'en jaillît pas une goutte sur son corsage, l'homme lui maintint la tête collée dans sa culotte. Elle l'absorba, estimant ce lait plus épais et plus agréable que celui de Jean. Elle regardait ensuite Hippolyte avec admiration. Il lui dit :

— Rentrez bien vite et nettoyez-vous la bouche, afin qu'on ne se doute de rien. Montrez-moi votre cul : j'en emporterai le souvenir et je verrai plus tard, à mon retour, s'il a bien grossi.

Elle hésita de nouveau à lui raconter son dépucelage, dans l'espoir qu'il l'enculerait. Elle se retint, jugeant que la queue d'Hippolyte l'écorcherait autrement que celle de miss Sticker. Il le palpa, le pelota et reprit :

— Vous êtes encore une petite fille !

— Je tâcherai de ne plus l'être quand vous reviendrez.

— Avant les vacances.

Ils se séparèrent, lui pour retourner au pavillon, elle pour monter à sa chambre, se rafistoler la bouche et se reposer, car la lassitude s'emparait de ses membres, en même temps qu'une étrange langueur l'incitait à contempler ses sexualités, à se gratter le bouton avec le doigt, comme lui avait fait Reine, Reine dont elle prenait la chambre à sa place.

Personne ne la gêna pour s'y réfugier : la lumière obtenue par l'électricité, elle frappa les mains de joie devant l'élégante et coquette installation qu'on lui avait organisée : les meubles renouvelés, des tentures et des rideaux, un tapis plus moelleux, les goûts de miss Sticker s'affirmaient plus raffinés, à mesure qu'elle passait d'une favorite à une autre. Tout ce qu'elle pouvait désirer pour sa toilette, elle le trouvait à sa disposition. Elle se gargarisa, aspira des parfums, se minauda dans une glace, et toujours sous le poids de cette langueur incompréhensible, elle s'étendit sur le lit avec l'idée de dormir jusqu'à l'heure du repas, ou d'y puiser le charme des réflexions qui l'assaillaient. Ah ! quel dommage qu'on n'eût pas laissé Reine dans la chambre ! Elle l'aurait priée de la caresser, de la chatouiller, là où elle plaçait le doigt, entre les cuisses, là où elle collait si bien la bouche. Quelle bizarrerie de la nature ! Reine aimait à sucer les femmes, et elle, elle aimait à sucer les hommes, qui sait si elle-même ne serait pas obligée de sucer les femmes pour les amener à la sucer. Elle pensait déjà aux plaisirs de luxure, en dehors de miss Sticker ! Son pantalon la gênait, elle le quitta, se recoucha, la main posée cette fois sur son conin, son clitoris, mais elle ne se branla pas et finit par s'endormir.

Combien de temps dura son sommeil ? Un doigt qui la

furetait l'éveilla, Clary était là. L'heure avait passé, les élèves se couchaient.

Étonnée de ne pas l'apercevoir avec ses compagnes au réfectoire, Clary s'informa auprès de la sous-maîtresse qui lui raconta la sortie de l'étude de Hilda. Depuis, elle ne l'avait pas revue, et comme elle savait qu'il pouvait lui en cuire de tracasser une élève ornée du ruban du mérite, surtout dans de telles conditions, où on l'attribuait pour des causes ignorées, elle ne s'en était pas préoccupée, comptant la retrouver au repas.

Devina-t-elle le besoin de repos qui s'imposa à la fillette, ou crut-elle en la vanité qui pouvait l'attirer dans sa chambre, Clary y alla droit et la surprit endormie, dans un désordre de jupe remontée vers les reins, laissant voir les jambes et les fesses, dévoilant la main restée figée sur le conin.

Elle examina attentivement cette sexualité qui supplantait Reine et fit une grimace à l'aspect des formes mal dessinées, aussi bien par les mollets que par les hanches et les cuisses. Quoi diable avait tenté miss Sticker dans cela ? l'extrême jeunesse. Elle n'y appartenait pas, puisqu'on avait des petites filles de dix et onze ans, déjà mieux conditionnées que celle-ci ! À peine des poils au minet ! Elle le constatait, lorsque son doigt, frôlant le conin, éveilla Hilda.

Ouvrant ses yeux et reconnaissant Clary, elle dit de suite :
— Vous me touchiez ?
— Je vous réveillais de la meilleure manière qu'il soit au monde. Vous oubliez le dîner, ma petite amie.

— Comment, le dîner ?

— Vos compagnes terminent leur repas, et il serait grand temps de vous rendre au réfectoire.

— Non, je veux y aller après elles ! J'aurais honte de les regarder en ce moment.

— Tiens, tiens ! Que votre volonté soit faite, ma mignonne ! Vous étiez donc bien fatiguée ! Fi, cela ne vous a pas empêchée de quitter votre pantalon et de chercher à vous amuser toute seule !

— Oh ! non ! Je pensais à d'autres, à miss Sticker.

— Vraiment, vous la caressez donc volontiers !

— De toutes les tendresses de mon cœur.

— Dans ce cas, vous ne refuserez pas, pour passer le temps, de me montrer si vous savez bien le faire. Il faut que vous possédiez en la chose un talent bien particulier, pour qu'on ait remisé cette pauvre Reine à l'infirmerie, en lui retirant son ruban et en l'expulsant de sa chambre.

— Elle doit être fâchée après moi.

— Ne perdons pas de temps. Venez, je tiens à vous apprécier.

Clary, se jetant sur le lit, se retroussa outrageusement jusqu'à la ceinture, les cuisses bien ouvertes affichant le con aux lèvres sensuelles, le minet très fourni : elle posa le doigt sur le clitoris et ajouta :

— Vite, votre petite langue là ! Mes cuisses ne sont-elles pas plus grasses et plus alléchantes que celles de miss Sticker ?

— Vous voulez que je vous caresse !

— Il me semble que vous m'avez promis vos gentillesses !

La vue de cette effrontée sexualité étalée sous ses yeux lui produisait un effet plutôt réfrigérant. Habituée à contempler la queue d'Hippolyte, il lui semblait tout naturel de rendre hommage à l'homme et elle ne comprenait pas encore en quoi la beauté de son propre sexe pouvait influencer ses sens. Ah ! qu'une fille ou qu'une femme la léchât, la suçât, cela changerait l'affaire. Elle s'abandonnait comme avec Reine, et devenait l'instrument qu'on cherchait à émouvoir ; mais elle, jouer du plaisir actif, il fallait d'abord qu'on la domptât !

Voyant son hésitation, Clary reprit :

« Vous préférez qu'on vous caresse ! Vous êtes un peu jeune, Hilda, et vous risqueriez de compromettre le développement de vos grâces. Allons, allons, penchez-vous, je veux que vous me caressiez, vous ne contemplerez pas beaucoup d'aussi belles chairs ! Là, là, approchez votre petit museau, posez votre joue ici, de façon que votre bouche soit bien en face de… mon con, oui, ça s'appelle un con ! Détachez une languette tout autour, vous connaissez bien du reste la manœuvre, allez, picotez, sucez, dévoilez votre talent ; Reine est très forte, et on ne l'oubliera pas dans l'art des cochonneries. »

Hilda, à son corps défendant, se laissait entraîner par Clary qui la poussait dans ses cuisses et lui plaquait le visage sur son con. Elle n'avait plus qu'à se rappeler les pratiques de Reine, pour ne point paraître une niaise, indigne de la faveur de miss Sticker. En somme, elle se trouvait en présence d'une maî-tresse redoutable que son intérêt lui commandait de satisfaire.

Elle supplantait Reine, il importait qu'elle lui empruntât ses goûts, au moins par comédie, pour obtenir ensuite le droit absolu de vivre en travaillant le moins possible, comme elle comptait bien le faire à l'avenir.

Les cuisses de Clary l'enveloppaient, elle darda la langue sur le con. Pour la première fois, elle fit minette, tout enfouie sous Clary, examinant avec curiosité le gros chat poilu, l'entrecuisse et le rebord épais des fesses. Cependant elle ne témoignait pas de cette ardeur qui faisait courir après Reine ; elle caressait avec des arrêts, des mollesses qui impatientèrent Clary, laquelle s'écria :

— Mais marchez donc avec la bouche et les mains, vous énervez plutôt que vous ne portez à la jouissance ! Vous ignorez l'A.B.C. du jeu, ma petite, comment diable avez-vous attiré l'attention de miss Sticker ?

Hilda chercha de son mieux à la contenter, le feu sacré lui manquait encore, Clary finit par la repousser en disant :

— Allons, arrangez-vous et venez dîner. On doit avoir terminé au réfectoire. On reprendra une autre fois cet entretien. Vous avez besoin de repos, les émotions de la journée vous ont troublée.

Besoin de repos ! C'était bien possible. Des lourdeurs pesaient sur sa tête, elle n'avait pas d'appétit, elle mangea peu et, étant remontée se coucher, elle s'endormit comme une souche.

3

A l'infirmerie, Reine se livrait à des réflexions pénibles. Que signifiait ce brusque changement de fortune ? Quoi, on la remplaçait comme favorite avant la fin de ses études ! Elle, qu'on adorait encore la veille, à qui on permettait tout, chose dont elle n'abusa jamais, on ne lui accordait pas comme à Mauricette son titre d'épouse jusqu'à la fin de ses classes ! Ah ! elle ne s'attendait pas à ce revirement chez Jean Sticker.

Bien tranquille à l'étude, à s'occuper de ses devoirs, Clary était venue lui annoncer le retrait de son ruban. Elle lui apprit qu'on la changeait de chambre et que, jusqu'au moment où on lui en aurait préparé une nouvelle, telle qu'il convenait à une amie de la directrice, elle logerait à l'infirmerie avec défense absolue d'en sortir et de communiquer avec qui que ce fût, à l'exception de madame Clary, chargée de veiller à tout ce dont elle aurait besoin. Ah ! Clary ne l'abandonnait pas et lui demeurait dévouée malgré le vent qui tournait !

Pourquoi tournait-il ? En quoi avait-elle démérité ? Ne répondait-elle pas toujours aux caprices de Jean, dès qu'ils se manifestaient, et ne regrettait-elle pas même qu'ils ne se manifestassent plus souvent ! Ne cherchait-elle pas constamment à l'exciter, lorsqu'elle le sentait tracassé par ses somnolences sexuelles, et pouvait-il lui reprocher ces somnolences qu'elle essayait de combattre par toutes sortes de jeux savants ! Elle, la plus jeune des femmes qui se mouvaient autour de la directrice, n'imagina-t-elle pas des tableaux vivants avec les deux autres concubines, Gertrie et Nelly, pour le secouer, le raviver, car il désespérait des torpeurs qui le saisissaient ? Et, n'alla-t-elle pas plus loin un soir, en lui amenant dans une pièce obscure ses amies Lisbeth et Aime, pour qu'il pût s'en amuser sans qu'elles se doutassent de l'individualité masculine avec laquelle elles se trouvaient ?

Ah ! cette partie, pas encore bien lointaine, elle la revivait dans cette solitude de l'infirmerie où on la reléguait. Jean, à ses genoux, lui tétait les seins qu'il adorait, pleurait sur l'assoupissement prolongé de sa queue ! Elle passait en revue mille lubricités pour l'émoustiller, le consolant de ses plus tendres caresses, et, tout à coup, il lui vint à l'esprit de le mettre en présence de ces deux jeunes pucelles déjà enhardies par le gougnottage qu'elle leur faisait.

— Jean, Jean, s'écria-t-elle, j'ai une idée, tu banderas et tu me baiseras. Je suis sûre que ta queue ressuscitera.

— Parle vite, mon amour ; de ton intelligence la lumière et la chaleur peuvent seules me venir.

Elle lui exposa son plan. Souventes fois ils avaient causé des maîtresses et des élèves : il lui racontait ses petites histoires, et elle avait remarqué que les noms de Lisbeth et d'Aline lui revenaient fréquemment sur les lèvres. Elles étaient alors deux des plus jolies filles de l'Institution, et elle savait pouvoir tout exiger d'elles tant elles aimaient de la voir sous leurs jupes. Depuis qu'Alexandra, May et Eva avaient quitté la maison d'éducation Sticker aux vacances précédentes, ces deux fillettes demeuraient ses plus anciennes amies. Aussi les soignait-elle d'une façon toute particulière. Elles formaient une petite trinité qui s'entendait à merveille pour se favoriser mutuellement, lorsque les sens s'éveillaient. Une confiance réciproque les unissait, et dès que l'une soumettait une proposition quelconque aux deux autres, celles-ci l'adoptaient. Il leur arrivait parfois de se défier au pire, et c'est ainsi qu'un soir, Lisbeth paria de descendre toute nue jusqu'au grand hall. Elle gagna son pari. Ce pari inspira son idée qui consistait à amener ses deux amies dans son cabinet, où toutes trois se déshabillèrent pour lui permettre les plus audacieuses licences, grâce à l'obscurité qui y régnait.

Quelle joie Jean éprouva à sa proposition et cette fête, elle la lui servit avec Lisbeth et Aline qui ne se doutèrent jamais avoir été mises en rapport avec la directrice : celle-ci les fouilla sous leurs jupes de la main et de la bouche, les branla et les gamahucha et y conquit une si belle vigueur que Reine en fut baisée deux fois coup sur coup. Ah ! il valait bien la peine de tant croire à l'affection de Jean, pour en être ainsi délaissée ! Tristes réflexions qui l'assaillaient et l'empêchèrent de dormir une bonne partie de la nuit ! Que signifiait un tel changement ? Elle l'apprit au matin par un rapport de servante lui annonçant que sa chambre avait été donnée à la petite Hilda Lauthermann, qui en profitait pour dormir la grasse matinée ! Quoi, une mauviette pareille la remplaçait ! Jean perdait-il l'esprit ? Oh ! on ne la vaincrait pas sans qu'elle se défendît !

Elle pria une infirmière d'aller de sa part demander à madame la Directrice la faveur d'une audience.

Miss Sticker lui fit répondre qu'elle la recevrait dans la journée, et de se soumettre sans murmurer à ses décisions, si elle ne voulait pas s'exposer à être plus durement châtiée. Des menaces à elle, la favorite de la veille, à elle la maîtresse toujours complaisante de Jean Sticker, la prétendue miss Sticker, à elle qu'il dépucela de sa queue qu'il cachait sous sa robe de directrice d'une institution de jeunes demoiselles ! Il existait des limites aux plaisanteries ! Elle se résignerait à la rigueur à céder sa place de concubine ; elle ne tolérerait jamais qu'on la traitât en quantité négligeable. Soit ! Miss Sticker devenait ingrate et inconstante, elle s'adressait à une fillette pour émoustiller ses sens engourdis, elle n'empêcherait pas Reine de Glady de vivre ses caprices et d'user de la liberté conquise par son dépucelage et par ses charmes toujours servis à la concupiscence de cette femme-homme. Et, lorsque sur les quatre heures de l'après-midi on vint la chercher pour la conduire chez Madame, elle avait pris le parti de dicter ses conditions de paix. Ce n'était plus l'enfant confiée à l'Institution Sticker pour qu'on y domptât ses mauvais instincts, c'était la jeune fille devenue femme et ayant semé la débauche dans toute la maison, une femme de seize ans et demi, sachant le prix de la luxure, et tenant à régner sur tout le personnel de l'établissement, sans être supplantée par une morveuse de quatorze ans. À l'accueil affectueux de la directrice, elle comprit qu'un fait quelconque survenait, lui donnait un avantage inattendu, et que, déjà, un regret luisait dans l'âme de son amant. Sans hésiter, avec le sang-froid qui la caractérisait, dès qu'elle fut seule en sa présence, elle courut s'asseoir sur ses genoux, lui prit la tête entre les mains, colla un baiser sur sa bouche et murmura :

— Oh ! Jean, ai-je cessé de plaire, que tu me jettes ainsi au rancart !

La directrice ne la chassait pas de ses genoux, la contemplait avec un plaisir évident, lui rendait son baiser, elle ajouta :

— Quel rat a traversé ton esprit ! Tu as pensé qu'une petite génisse vaudrait mieux pour tes voluptés que ta Reine, si heureuse d'inventer des cochonneries pour bien t'exciter ! Ne pouvais-tu me le dire ! Je l'aurais élevée, ta génisse, je t'en aurais fait une adorable poupée, tandis que, j'en suis certaine, je le sens, elle t'a déjà procuré un ennui.

Quelle science de la débauche chez cette chère enfant ! Oui, oui, miss Sticker éprouvait déjà le regret de sa brusque décision à son égard ! À quel sot entraînement se livra-t-elle pour casser ainsi les ailes triomphantes de ce joli petit ange lascif. Mais comment revenir là-dessus ! Elle ne se doutait vraiment pas de l'influence qu'exerçait sur ses sens la belle et séduisante jeune Française ! Depuis qu'elle la gardait sur ses genoux, son sang s'éveillait, et elle résistait à peine à la tentation de lui dégrafer son corsage pour retrouver les gentils nichons qu'elle aimait tant à sucer ! Et puis Reine savait tout ce qui se passait dans son esprit : sur ses genoux elle agitait habilement le derrière en mouvements masturbateurs, elle poussait sa queue à bander et elle bandait ferme. Oh ! l'adorable démon qui appuyait la tête sur son épaule, lui lançant des regards de feu, et reprenait :

— Défais mon corsage, Jean, sors mes nénés, tu les aimes toujours et elle n'en a pas encore, ta petite idiote d'Hilda ! Je la connais bien, va ! Je lui ai léché le devant et le derrière, et elle parlait de me cracher à la figure un quart d'heure avant ! Elle n'est pas encore bâtie pour le plaisir d'un homme ; pour une fille, pour moi, elle peut encore aller, parce que moi, plus j'en suce, plus ça me chatouille le bouton. Tu aurais bien fait de me demander des renseignements, tu ne te serais pas emballé et tu ne m'eusses pas causé un affront. Vois-tu, je t'indiquerai d'autres petites bien plus dégourdies, si tu as envie de caresser des jambes en échalas ! Hein, est-ce que je me trompe… Tu te dégoûtes déjà de cette petite !

— Non, non, elle me plaît, elle m'attire.

— Oh ! mon pauvre Jean, alors je vais te laisser, je vais remonter à l'infirmerie, je crains que tu ne donnes l'ordre de me jeter dans un cachot et que tu me fasses abîmer les postérieur sous la schlague, mon derrière qui te chauffe si amoureusement ta jolie queue, laquelle se gonfle et voudrait bien jouir dans mon con, ce con que je t'ai donné, que tu as dépucelé ! Mais dis-moi, comment décharges-tu avec cette petite Hilda ?

— J'ai joui dans sa bouche et dans son cul.

— Dans son cul ! Il n'est pas bien développé.

— Si, c'est ce qu'elle a de mieux !

— Ça, je ne te pousse pas à me le dire ! Eh bien, pourquoi ne vas-tu pas l'enculer, puisque tu en as envie en ce moment ?

— Elle n'a pas voulu, elle a crié que je lui faisais mal, j'ai eu peur, je l'ai…

— Tu l'as renvoyée ?

— Non, elle est dans la petite pièce, tu sais, où je te baise au retour des vacances.

— Ah ! tu m'aimes bien ces jours-là, on voit que tu as été privé.

Reine, qui voyait peu à peu Jean Sticker lui revenir, cessa tout à coup ses caresses et ses manières aguichantes, se leva et, avec un certain dépit, reprit :

— Tu as eu peur de cette dinde, tu as eu tort ! Maintenant tu es à sa merci, et tu seras obligé de marcher à sa volonté ! Moi, je redoute quelque catastrophe, je te prie de me permettre de remonter à l'infirmerie.

— Reine, Reine, ne m'abandonne pas, je compte sur ton adresse pour tout arranger…

— Que veux-tu que j'arrange ?

— Elle prétend que je lui ai crevé quelque chose dans le derrière et elle veut voir le docteur.

— Et tu as toujours envie d'elle ?

— Hélas ! elle me porte à la peau.

— Jean, je puis t'être utile, mais il faut que je sois encore ce que j'étais.

— Je ne puis revenir sur ce que j'ai ordonné peut-être trop vite.

— Tu le reconnais, cela me suffit, laisse-moi agir et je te promets de l'amener à te satisfaire ; mais il importe qu'elle me craigne, là est ton salut.

— Oui, oui, ma petite Reine, je te comprends, marche, qu'elle garde ta chambre, elle te rendra la croix, tu la mérites mieux.

— Prête-moi ton martinet, Jean, et tu verras comme elle deviendra souple.

— Ah ! ne déchire pas son derrière, j'en ai trop envie. Oui, je te promets, sans qu'elle me voie, elle serait capable de crier que je l'ai violée.

— Cache-toi quelque part, et rapporte-t'en à moi. Reine avait déjà imaginé son plan. Elle s'empara du martinet qui continuait à orner un coin du bureau de la directrice ; Jean se dissimula derrière une tenture. La Française ouvrit la porte de communication et, dans le salon-boudoir, témoin de ses exploits amoureux avec sa chère directrice, elle aperçut Hilda Lauthermann toute nue, avec des bas noirs montant bien au-dessus des genoux et des petits souliers, assise sur le sofa, se tenant une main sous le derrière. À sa vue, la fillette se leva, toute rouge, tout embarrassée, et balbutia :

— Toi, Reine ? que viens-tu faire ici ?

— Je viens m'informer des raisons pour lesquelles tu es nue dans les appartements de la directrice ? Tu ne me répondras pas, il n'en est pas besoin. Tu te trouves ainsi parce que tu as mérité d'être punie. Cette punition, je me charge de te l'appliquer, et tu vas la recevoir. Il paraît que tu es une vilaine insolente, cela s'expie. Allons, en route ! Je te ramène à ta classe, telle que tu es, et à coups de martinet, marche.

— Que je marche nue !

Le martinet se dressa et s'abaissa sur les fesses de la fillette, pas du tout à dédaigner ; si le reste du corps appartenait plus à l'enfance qu'à l'adolescence, ces petites rondeurs dodues, bien blanches et bien fournies, et sur lesquelles retentissaient le grincement de l'instrument flagellant... Dès le premier coup, Hilda se mit à crier, à appeler la directrice à son secours. Reine, sans se troubler, la saisissait par les épaules et la fouettait à coups redoublés, quoique un peu flasques ; mais, peu à peu elle s'animait, précipitait, augmentait la dose, frappait sur le pauvre et gentil postérieur, à s'en démancher le bras. Quoi, c'était ça, sa rivale ! Quoi, ce corps étriqué et malingre osait le disputer à ses attraits de fille formée et dépucelée ! Quelle bizarrerie du goût sexuel de voir des idées paillardes s'adresser à des embryons de membres féminins ! Elle ne réfléchissait pas qu'elle-même avait fourré le museau entre ces cuisses et sur ces fesses ; elle ne se rappelait pas qu'aux water-closets, elle avait fait vibrer ce jeune corps et qu'elle l'avait classé parmi les amoureuses à entretenir, à former ! Mais ce cul, ce con fermé appartenaient actuellement à une concurrente dangereuse qu'il s'agissait de dominer. Par la correction qu'elle infligeait et dans l'ordre qu'elle indiquait, elle s'assurait la complicité, de-mandant d'une voix dure à Hilda si elle se déciderait à quitter le salon, à descendre l'escalier et à se rendre à sa classe. Hilda lançait des regards désespérés tout autour, espérant encore l'intervention de son enculeur. Elle se débattait, mais pou-vait-elle lutter avec Reine, plus âgée, et dont la colère doublait les forces ! Elle en recevait des coups plus violents et, sous une subite inspiration, elle appela à l'aide sa chère directrice, jurant qu'elle se soumettrait à tous ses désirs, si elle la délivrait de cette maudite fouetteuse qui la tuait, la massacrait. Reine voulut poser une main sur sa bouche. Jean, à la voix suppliante d'Hilda, sortit de sa cachette et se précipita pour arrêter la flagellation.

— Assez, Reine, assez, ordonna-t-il, laisse-la moi.

— Elle sera sage pour toi et pour moi.

Hilda n'était pas si bête qu'on le supposait : son instinct lui révéla qu'elle triomphait sur Reine après avoir failli être supplantée. Elle pouvait se venger, et le comprenait à la voix caressante de miss Sticker agenouillée et embrassant ses fesses toutes rouges et en feu. Elle hésita, Reine l'avait gamahuchée et elle était la plus savante de toutes les filles de la maison. Elle dit avec beaucoup d'habileté :

— Oui, je serai sage pour elle et pour vous, mais vous le voyez, madame la directrice, avec le mal que j'ai enduré sur le derrière, je ne puis en ce moment vous procurer le plaisir que vous désirez. Amusez-vous sur elle, je m'habituerai à la chose en me rendant compte qu'il n'y a pas de danger.

— Non, je veux m'amuser sur toi.

— Alors, fouettez-la comme elle m'a fouettée ; déshabillez-la comme je le suis, et il faut la reconduire toute nue dans sa classe, comme elle entendait me ramener dans la mienne.

— Vous trouvez cela de la sagesse, Jean ?

— Pourquoi vous appelle-t-elle Jean ?

— Reine, Reine, obéis à ce qu'elle demande.

Reine eut une grimace de dépit ; décidément Hilda devenait la favorite, malgré qu'elle eût elle-même excité les sens de Jean.

Se soumettre lui paraissait trop dur. Elle tourna la difficulté et, prenant rapidement son parti de la chose, elle s'agenouilla devant sa rivale et dit :

— Il ne servirait à rien, Hilda, que nous nous fassions mutuellement du mal. Si je t'ai fouettée, je n'ai agi qu'avec la permission de Jean, petit nom de miss Sticker. Pour te prouver que je désire être ton amie, je te supplierai de te contenter de m'appliquer le martinet sans que je me déshabille ; je te montrerai par ma résignation que l'on s'habitue vite à cette douleur.

— Acceptes-tu ce que propose Reine ? interrogea miss Sticker.

Hilda réfléchit une seconde et, convaincue de son pouvoir, répondit :

— Laissons-la habillée, miss Sticker, remettez-moi le martinet et je vais arranger son derrière tout comme elle a arrangé le mien.

Jean Sticker et Reine se redressèrent. D'un mouvement brutal Jean retroussa les jupes de Reine, lui commanda d'ouvrir son pantalon et de présenter ses fesses à la correction qu'entendait lui donner Hilda. La jeune fille s'empressait d'accomplir ce qu'on lui commandait, et sortait entre les parois du vêtement intime son joli cul rond et blanc, aux fesses dodues, à la fente rose et bien plantée. Sur un signe de la directrice, elle soutint ses jupes sur les bras et ne chancela pas lorsque la main d'Hilda lui décocha une première cinglée ; elle oscilla seulement sur les jambes aux suivantes, et les chairs se rougissant sous les coups qui la claquaient, loin d'esquiver la flagellation, elle bomba le cul pour mieux l'offrir au martinet.

Souffrait-elle ? Certes, oui, mais elle éprouvait une sensation très agréable vers son con, et elle glissait une main dans ses cuisses, se touchant le clitoris, poussait des soupirs, jetait des yeux blancs du côté de Jean qui bandait et n'osait relever ses robes pour donner la liberté à sa queue. La main d'Hilda mollissait dans la distribution de ses coups de martinet. La fillette s'étonnait des hallucinations qu'elle subissait à contempler cet astre lunaire si séduisant sous le châtiment qui remplaçait sa jolie blancheur par une vive couleur carminée. Elle entrevoyait la main de Reine qui se branlait tout en lui criant de fouetter plus fort, et une hystérie la saisissait au soupçon de cette volupté qu'elle communiquait par sa flagellation : des vertiges lui montaient au cerveau, elle ne frappait plus et pelotait le cul de sa compagne. Sa respiration devenait haletante et si, à ce moment, Jean se fut jeté sur sa croupe, il aurait pu l'enculer sans qu'elle résistât. Elle le vit, assis dans un fauteuil, le buste renversé, avec les jupes ramenées à la ceinture. Elle vit sa queue en érection, et pensant qu'il sollicitait ainsi de jouir par le suçage, elle courut s'accroupir entre ses cuisses, cueillit de ses lèvres la queue, la plongea dans sa bouche et montra ainsi à Reine qu'elle connaissait déjà les joies de la fellation.

4

Hilda était la favorite proclamée et ce favoritisme marqua une révolution sensationnelle dans l'Institution Sticker, plus encore que la débauche lentement semée par Reine. À jamais dans le passé s'enterrait la légende de la redoutable sévérité de l'établissement. Hilda régnait et, comme une enfant gâtée, elle multipliait ses caprices qui désorganisaient la maison, si intelligemment créée. Favorite de miss Sticker, elle en tirait ouvertement gloire et elle parlait à tort et à travers, malgré les sages conseils de Reine, se glissant dans son ombre pour conserver et même augmenter ses libertés, ses licences. Peu à peu l'élément érotique gagnait du terrain et évoluait des élèves aux maîtresses et de celles-ci aux serviteurs : il se vivait des orgies charnelles dignes d'épouvanter mistress Gertrie, la sœur et co-directrice de miss Sticker, si elle était revenue de voyage.

L'entente de Hilda et de Reine se scella le lendemain de leur mise en présence dans le salon de la directrice. Reine était retournée à sa classe avec le ruban du mérite qu'avait consenti à lui rendre Hilda, à la condition qu'on l'exempterait des heures d'études et qu'elle travaillerait sous la seule direction de miss Sticker, tout en allant aux récréations avec ses compagnes. Elle y vint dès la première heure, avec sa robe rouge, ornée d'un col en dentelles, une mantille noire sur la tête, affichant un petit air de princesse qui lui allait très bien, et causa quelques minutes, d'une allure mi-sérieuse, mi-gentille, avec ses amies, pour les quitter brusquement à l'apparition de Reine, à qui elle adressa un signe de tête. Les maîtresses insouciantes de ce qui se passait entre leurs élèves, ne protestèrent en aucune façon, en voyant les deux jeunes filles rentrer tranquillement et sans leur assentiment dans l'intérieur des bâtiments, ce qui les eût quelques mois auparavant exposées au supplice du chevalet ou au cachot. Pourquoi se seraient-elles gênées ? Si l'une était au soleil couchant, l'autre, depuis la veille, s'affirmait le soleil levant ; on pouvait avoir besoin de la haute protection de toutes les deux. Les deux jeunes filles montaient, sans se presser, l'escalier qui conduisait à la chambre d'Hilda, et y entrant, s'y enfermaient.

— Ah ! dit alors Hilda, s'asseyant sur son lit, on est enfin libre de nous procurer ensemble toutes sortes de félicités, nous ne dépendons plus que de la directrice, et les maîtresses n'ont qu'à fermer les yeux, si elles ne sont pas contentes. Reine, apprends-moi bien maintenant ces plaisirs qui font courir après toi, donne-moi largement et beaucoup ces caresses que je goûtais par toi dans le jardin et dans le water-closet.

— Laisse-moi agir, et tu reconnaîtras qu'il n'y a rien de meilleur au monde.

Obéissant à l'impulsion de Reine, Hilda se renversa en arrière sur le lit, s'abandonnant avec une curieuse émotion à la manipulation de ses jambes par laquelle elle débutait : Reine relevait doucement la robe et le jupon, pour habituer les nerfs de sa compagne aux frôlements lascifs ; elle lui dénouait le pantalon, le tirait sur ses pieds, et le sortait ; cette opération délicate accomplie, elle remontait plus haut la robe, le jupon et la chemise, découvrant bien les cuisses et ne touchant ni n'embrassant encore, elle murmurait de sa voix la plus tendre :

— Es-tu plus heureuse qu'au jardin, qu'au water-closet ? Ici, mes caresses seront bien plus amoureuses !

— Oh ! oui, je brûle de sentir là ta jolie petite bouche !

Elle portait la main à son con ; elle était donc en état de supporter le branlage et les minettes. Petit à petit, Reine appuyait légèrement la main sur le ventre jeunet et maigriot, fouillait les poils clairsemés avec l'annulaire, posait une joue sur une cuisse, et à la chaleur qui se dégageait des sexualités de la fillette, comprenant qu'elle pouvait marcher, elle donnait un long, long baiser entre les cuisses, portait la bouche sur le clitoris et le suçait avec une exquise délicatesse. Déjà, Hilda se tordait, se convulsionnait, serrait les jambes : Reine les lui écartait, lui recommandait de ne pas trop remuer, et dans un moment de répit, regardait avec attention le con, les petites lèvres secrètes, la jointure des cuisses et des fesses, pour contrôler quelque chose qui lui avait frappé l'œil, une écorchure assez visible et qui trahissait un commencement de dépucelage. Oui, cela était certain, Jean Sticker avait essayé de violer cette innocente et elle avait regimbé. Elle aspira long-temps dans une caresse endiablée, et d'un doigt expert bran-douilla le clitoris pour exciter les sens de la fillette, s'emparer de son âme dans les vibrations qu'elle cherchait à lui procurer. De la langue elle chatouilla le con fermé, mouilla de sa salive les poils et le nombril, glissa une main sous les fesses et en parcourut la fente avec un doigt indiscret. Hilda frissonnait, se contorsionnait, mais se prêtait à tout ce que voulait sa chère petite Reine, ainsi qu'elle ne cessait de l'appeler. La félicité la gagnait de plus en plus, elle ouvrait et fermait les cuisses dans une agitation continue, révélant la volupté éprouvée, Reine suspendait le jeu quelques secondes sans retirer sa jolie tête du bas-ventre d'Hilda. Un moment, la jugeant un peu plus calme, elle lui demanda :

— Jean Sticker a essayé de te pousser sa machinette, sa queue, si tu préfères, par là, entre les cuisses ?

— Oui, oui, et c'est parce qu'il me martyrisait que je me suis fâchée, qu'il m'a enfermée dans le salon.

— Il ne cherchait donc pas à te l'enfoncer dans le derrière ?

— Il l'y avait mise le premier jour, et je n'avais pas trop souffert ! Dis, est-ce qu'il te l'a enfoncée par-devant, à toi ?

— Oui, et on appelle cela être dépucelée, mais j'étais plus formée que tu ne l'es.

— Oh ! je suis femme, je suis femme !

— Tu n'as pas encore achevé ta croissance, tu as des maigreurs qui doivent disparaître.

Sur-le-champ, Reine se releva de dessus les cuisses d'Hilda, s'assit sur le lit à son côté, se retroussa, retira son pantalon comme elle lui avait fait, lui montra son con ouvert, dans lequel on pouvait introduire le doigt. Hilda voulut examiner de plus près ; elle appuya la tête sur les cuisses bien formées de sa compagne, poussa le médium dans le vagin, et parut se plaire à sa posture sur ses jambes. Reine ouvrait les cuisses pour la satisfaire dans sa curiosité, répondant à toutes ses questions sexuelles, se prêtait à tous les mouvements qu'elle indiquait. Hilda s'échauffait à contempler le con, le chat, le ventre de

Reine ; elle y poussait la tête de plus en plus et elle ne résistait plus à la tentation d'embrasser, de peloter, de lécher, de sucer. Reine ne s'en étonnait pas, la favorisait de son mieux dans les minettes dont elle la couvrait, développait encore davantage ses charmes, pour bien lui apprendre à se tenir sous les ardentes caresses qui encenseraient les siens.

La prude qu'était Hilda, si peu de temps auparavant, se transformait au contact de Reine, à qui elle devait cracher à la figure, le jour où la rabatteuse Betty lui apprenait le genre de plaisir qu'elle procurait. Elle, Hilda, à présent, se livrait sur le corps de la Française à ces caresses qualifiées d'ordurières : elle ne cachait pas son admiration pour ces cuisses si rondes et si blanches, elle suçait avec délice son clitoris, lui patouillait le cul qu'elle l'obligeait à lui montrer, et le dévorait des plus folles feuilles de rose. Oh ! le jeu pouvait se prolonger tout l'après-midi, Hilda sentait qu'elle n'en aimerait que davantage Reine. La cloche, qui sonnait la fin de la récréation ne les troubla pas. Il convenait de ne pas manquer à miss Sticker qui avait dit à Hilda de la rejoindre dans son cabinet de travail en ce moment. Elles sautèrent du lit et Hilda, déjà plus maîtresse d'elle-même, supplia Reine de l'accompagner chez la directrice, affirmant que celle-ci voulant la dépuceler elle s'y soumettrait sans murmurer en sa présence, parce qu'elle en retirerait du courage et de l'énergie, pensant du reste que dépucelée elle se formerait vite et deviendrait assez jolie, digne d'être préférée à toutes les autres. Reine consentit, d'autant plus volontiers qu'ainsi elle prouvait à Jean combien elle se résignait facilement à passer au second rang, et combien elle pourrait encore lui être utile dans les plaisirs de rut que déchaînerait dans ses sens le dépucelage d'Hilda. Elle arrangèrent les plis de leurs jupes, laissèrent leurs pantalons dans la chambre et ouvrirent la porte pour se rendre chez la directrice. Elles se trouvèrent nez à nez avec madame Clary qui s'écria :

— Vous avez une rude effronterie, Mesdemoiselles, depuis quand deux élèves de divisions différentes se permettent-elles de s'isoler dans une chambre ?

— Venez le demander à miss Sticker, répondit Reine avec audace.

— Ah ! vous allez chez madame la directrice !

— Oui, et ce n'est pas nous que vous devez surveiller, mais les divisions.

— Voyons, voyons, ma petite Reine, je suis votre amie depuis longtemps, ne vous fâchez pas, et soyez moins sauvage avec la pauvre madame Clary qui vous aima tant, lors de vos débuts dans la maison.

Le ton se radoucissait ; Reine la regarda, comprenant qu'elle cherchait à flairer d'où venait le vent de la faveur, et murmura à tout hasard :

— Clary, si vous avez quelques souhaits à formuler, Hilda est plus puissante que je ne le suis. Désirez-vous quelque chose de miss Sticker ?

— Quelque chose qui vous sera peut-être agréable, Reine. Je voudrais qu'on reprît votre compatriote Rosine.

— Rosine, ah ! oui, je me souviens ! Eh bien, Hilda plaidera sa cause lorsque l'occasion se présentera.

Elles allaient se séparer, Clary prit brutalement une main de Reine, la posa entre ses jambes par dessus sa robe et murmura :

— On se souvient de ton gentil museau, là-dessous !

— On se reverra, réplique Reine en riant et en se sauvant.

Dans son cabinet de travail, installée devant son bureau, miss Sticker s'impatientait à attendre Hilda. Était-ce le désir de la dépuceler qui la tourmentait, était-ce la dépravation de ses sens qui l'attirait vers le fruit vert, était-ce l'attrait d'une nouvelle luxure, sa pensée ne quittait plus la fillette et sa queue bandait à son souvenir ! Elle l'avait enculée, elle avait essayé de la déflorer, elle éprouvait une érection continuelle à voir passer devant ses yeux sa toilette rouge. En apercevant les deux élèves ensemble, elle jeta un regard hostile sur Reine.

— Ne t'irrite pas, Jean, cria tout de suite celle-ci, je suis prête à retourner à ma salle d'étude. Hilda m'a parlé de ta tentative d'hier, et je jure que, moi étant là, il te sera plus aisé d'aboutir.

— Le crois-tu ?

— Pourquoi m'enlèves-tu ta confiance, si tes désirs s'éloignent de mon humble personne ?

— Ton humble personne, voilà une modestie qui te sied, toi la diablesse qui as soufflé la débauche et la luxure dans ma maison.

— Oh ! quelle injustice ! Mais je te pardonne, mon doux maître, qui me dépucela par-devant et par-derrière, à la grande ivresse de mes sens, je le reconnais ! Si vraiment je ne t'inspire plus qu'aversion, ce dont je ne me serais pas douté hier encore, écris à mes parents de me retirer : mon instruction me semble terminée.

— Non, elle ne l'est pas ! Alors, tu m'affirmes que miss Hilda apportera moins de façons, si devant toi je l'attaque là où elle m'a repoussé !

— Je ne me défendrai pas, murmura Hilda, si j'ai Reine à mes côtés.

— Soit, suivez-moi, dit miss Sticker en quittant son bureau.

Elles l'accompagnèrent dans sa chambre, où, la porte fermée, la directrice laissa glisser sa robe sur le tapis : Jean était nu par-dessous et sa queue, pas bien méchante comme grosseur, dressait déjà sa tête orgueilleuse.

— Déshabille-toi, commanda-t-il à Hilda.

La fillette était pâle et tremblait bien un peu : elle obéit, se dévêtit, ne conservant que ses bas et ses souliers, oh ! corps bien gracile, et plus tentant sous la jupe rouge et courte, mais le bouton de rose qui tend à s'épanouir n'a-t-il pas aussi son charme ? Elle ne fut pas plutôt nue que Jean, la saisissant par les jambes, l'attirait dans ses bras et disait à Reine :

— Déshabille-toi comme elle, puisque ça doit la rassurer.

Reine avait l'adresse voulue pour se dépouiller en un rien de temps de ses vêtements : en quelques secondes, elle apparut nue avec des bas rouges et des bottines en peau de chevreau, serrant le cou-de-pied. Son corps se révélait en beauté de formes et de chairs : il ne représentait pas le complet épanouissement de la femme, mais rien n'y était à reprendre, depuis les seins mignonnets et fermes, jusqu'aux fesses pleines et rondes, aux mollets finement rebondis. Cette superbe vision de jeune fille féminisée ne pouvait que porter à la volupté, cependant les yeux de Jean se repaissaient avec plus de passion des maigreurs compréhensibles d'Hilda. Il humait en cette fillette la virginité dépravée qui voulait et ne voulait pas se rendre, et la plus séduisante courtisane, avec toutes ses séductions, ne l'aurait pas arraché à la convoitise qu'il nourrissait.

« Couche-toi sur le tapis, commanda Jean à Reine, je veux qu'elle pose la tête sur tes cuisses et qu'elle s'y excite au suc de la débauche, dont elles sont les sources dans cette institution. Ainsi elle désirera elle-même être enfilée. »

Reine s'allongea sur le tapis et plaça elle-même le visage d'Hilda près de son con, qu'elle lui désigna du doigt. La fillette était étendue en travers, sur le dos, et tremblait de plus en plus à mesure que Jean se postait sur son ventre, dirigeait entre ses cuisses si jeunettes sa queue pour attaquer son pucelage. Elle ne se révoltait pas, elle se prêtait à l'affaire, elle tournait légèrement la tête pour entrevoir le con de Reine, comme si elle devait y puiser de la résignation ou de la bonne volonté. Mais à mesure que la queue se durcissait et fonçait sur l'obstacle virginal, Hilda se trémoussait, se protégeait de l'atteinte, reculait ou approchait, se jetait dans les jambes de sa compagne pour y chercher un abri, une cachette. Le jeu de Jean s'en déroutait, et furieux, il recommençait à recourir à la violence pour la maintenir en posture. Brutalement, il enleva Hilda des cuisses de Reine, la colla sous son corps, lui écarta avec rage les jambes, pointa sa queue et fonça ferme. Hilda se débattit avec assez d'énergie, retint cependant les cris qui montaient à ses lèvres, se défendit, mordant et frappant. Jean lâcha prise : le corps qui se contorsionnait, bruissait dans ses nerfs, le déconcertait. Sur les genoux, d'une voix rauque, il ordonna à Reine d'aller chercher le martinet pour fustiger jusqu'au sang cette maudite sotte qui, par ses imbéciles mouvements se faisait mal et l'empêchait de parvenir au but. Apostrophant la fillette, il lui criait :

— Entends-moi bien, Hilda, je te veux, et je t'aurai. Tu es à moi, il faut que je te dépucelle pour m'assurer ton silence, pour t'apprendre à jouir de tes sens. Qu'importe ta résistance ! je puis te faire jeter dans un cachot, te faire enchaîner, te posséder envers et contre tous. Ne te défends plus, et je te le promets, tu seras la maîtresse de la maison plus que moi-même ; dis-le toi bien, je te désire, je te veux et je t'aurai.

— Oh ! ne me violentez pas, Miss, je vous en conjure, je ne demande pas mieux que de m'habituer à ce que vous désirez.

— Appelle-moi Jean, comme Reine, et laisse-moi marcher.

— Oui, oui, vous pouvez marcher mais ne me faites pas de mal ! Oh ! dites à Reine de me montrer son derrière, ça me donnera du courage.

— Qu'elle se tourne sur le ventre et te le présente, je ne m'y oppose pas : regarde-le, adore-le s'il t'inspire l'énergie nécessaire ; mais ne contracte pas ainsi tes nerfs et prête-toi mieux, tu souffriras moins.

— Je me prête, je me prête, poussez plus doucement.

— Ouvre bien les cuisses, murmura Reine, le cul tourné vers son visage, que ma chair excite la tienne et te permette de devenir femme, sans trop de souffrance.

L'attaque de la pauvre petite pucelle se poursuivit tout aussi âpre, tout aussi brutale : Hilda se surveillait pour ne pas déranger Jean qui, talonné par son désir féroce, butait de sa queue jamais aussi raide, le jeune con tenace, obstiné à ne pas se laisser enfoncer. Malgré toute sa bonne volonté, la fillette se tordait, se recroquevillait, et la queue glissait, grimpait sur le ventre, perdait de l'œuvre entamée : les cuisses d'Hilda se resserraient, il fallait les repousser avec vigueur pour reprendre position.

— Je t'aurai, je t'aurai, petite idiote, clama encore Jean.

— Attends, aie patience, intervint Reine, je vais t'aider, la préparer.

Elle se plaça à quatre pattes au-dessus du ventre d'Hilda, lui lécha le con, chatouilla et suça le clitoris, enduisit de salive les rebords des lèvres secrètes, travailla du doigt la petite peau à déchirer, écarta les jambes de la fillette autant qu'elle put et s'accroupissant sur la tête pour qu'elle lui fit feuille de rose, ce qui semblait l'exciter, elle engagea à marcher maintenant avec plus d'adresse et moins de force. Hilda léchait les fesses de Reine, développées au-dessus de son visage, ressentit moins la poussée de la queue sur son con ; elle ne se débattait plus, le dépucelage apparaissait certain, lorsque le tableau de luxure offert à ses yeux par la langue d'Hilda voltigeant sur le cul de Reine, secoua les nerfs de Jean d'un brusque sursaut sous lequel la jouissance survint : il déchargea et mouilla tout l'orifice du con à peine entrouvert.

— Ah ! elle reste encore pucelle, murmura-t-il avec dépit.

— Bah ! à moitié seulement, répliqua Reine en se redressant.

5

A moitié seulement ! L'œuvre n'était pas achevée et ne devait pas l'être dans cette journée. Mais la nuit, Jean s'éveilla au milieu de la solitude qui l'entourait, en proie à une frénésie de désirs encore plus indomptables. Cette jeune pucelle, cette enfant, en qui il découvrait un excellent terrain de culture, lui trottait par l'esprit et par les sens, plus que ses trois concubines. Gertrie, sa sœur absente, Nelly, la maîtresse de classes toujours bien disposée, et Reine, si débauchée et si savante en cochonneries ! Jamais à son souvenir, il ne ressentit de telles morsures suscitées par les appétits charnels. Hilda se montrait à ses yeux la plus mignonnette créature de la terre, et il en adorait même les maigreurs, même ses fluettes formes non encore féminisées. Un feu infernal le surexcitait : en somme, il était le maître de la maison, personne ne pouvait oser se jeter en travers de ses volontés, il lui était impossible de différer plus longtemps à satisfaire la bête féroce qui le tourmentait dans sa sensualité. Il ne lutta pas, il revêtit une robe de chambre, quitta son appartement pour se diriger avec prudence vers la chambre où il avait fait installer Hilda, l'ancienne chambre de sa favorite Reine. Le sommeil régnait dans l'Institution. Selon les règlements, la porte n'était pas fermée à clef ni au verrou : il tourna avec précaution le pêne et entra. La clarté d'une lampe de nuit lui fit voir la fillette endormie, le corps hors des draps, par suite de la température assez élevée, un bras pendant sur le côté, la main de l'autre placée juste sur le con, comme si elle se fût branlée avant le sommeil. Une délicieuse expression de béatitude errait sur ses lèvres et Jean Sticker, la porte refermée et verrouillée, contempla en silence les jambes de l'enfant. Il réfléchissait. S'était-elle branlée avant de s'endormir, ou se branlait-elle à son entrée ? Dans son esprit troublé par la soif de la possession, Jean ne pouvait le scruter. Il croyait voir un doigt s'agiter mollement sur le clitoris, sans doute un effet d'hallucination. Il posa la main sur celle qui couvrait ainsi le paradis convoité, et Hilda ouvrit instantanément les yeux. Elle dormait certainement, car elle demeura quelques secondes à se remettre ; puis apercevant Jean penché sur son ventre, elle murmura avec un accent indéfinissable :

— Jean, est-ce toi, je rêvais que tu étais là !

Elle le tutoyait à cette heure ; donc elle s'attendait à la reprise du dépucelage. La robe de chambre et la chemise de Jean Sticker roulèrent sur le sol : il se coula près d'Hilda, la prit dans ses bras, la pressa contre son cœur, colla sa bouche sur la sienne, et répondit :

— Hilda, tu n'as plus peur, tu rêvais de moi, tu m'attendais.

— Non, je n'ai plus peur ; je sais tout le bonheur dont tu me combleras, si tu me rends femme !

Elle donnait à ses lèvres les baisers qu'il appliquait aux siennes, et elle frissonnait sous ses attouchements, la caressant sur tout son corps ; elle se laissa serrer de plus en plus, et palpait la queue qui s'égarait déjà dans ses cuisses. Oh ! elle avait déjà perforé la petite peau, il ne restait plus qu'à la fendre de plus en plus pour pénétrer dans le vagin, et elle serait femme ! Femme, elle s'entendrait souvent avec Reine pour s'amuser ensemble, sans l'inconvénient de la saleté masculine ; elle se lierait aussi avec d'autres jeunes filles de la maison, même avec des maîtresses. Elle deviendrait plus jolie qu'elle ne l'était, on lui courrait après, et elle partagerait les succès de Reine. Elle poursuivrait aussi les jupes qui ne demandent qu'à se retrousser pour permettre de lécher, de sucer ce qu'elles cachent, et elle s'amuserait, s'amuserait à être bien cochonne au lieu de s'embêter dans les salles d'études. Elle n'agirait pas comme Reine qui craignait encore d'être surprise dans ses plaisirs ! Elle écouterait ses désirs et les imposerait. Jean se portait sur son corps : l'affaire allait recommencer, elle aurait du courage pour ce petit mauvais moment à passer. Reine l'avait assurée que le dépucelage accompli, on ne souffrait plus ; qu'au contraire, on jouissait et qu'on aspirait à faire toujours l'amour, ou tout au moins les bonnes cochonneries qui l'accompagnent. Elle écartait les cuisses, elle soupirait bien un peu, le gland de la queue appuyait sur la déchirure et la tenaillait. Oh ! elle souffrait encore beaucoup, et elle se raidissait pour ne pas crier ; mais Jean semblait être fou de rage, il la soulevait dans ses bras, il la poussait des épaules et lui disloquait les cuisses à les maintenir fendues, bien fendues de ses mains crispées ; elle avait des larmes qui ruisselaient le long des joues ; non, non, elle ne supporterait pas cette torture jusqu'au bout ; elle ne retint pas un cri de détresse : la main de Jean s'appliqua brutalement sur sa bouche, à l'étouffer ; elle mordit cette main ; non, non, il y en avait assez ; elle ne voulait plus être dépucelée, cela devenait une horrible souffrance ; elle se convulsionna pour lutter avec l'énergie du désespoir, elle eut une contraction nerveuse, elle allait pousser des hurlements. Oh ! mon Dieu ! Jean l'assassinait, il lui pressait la gorge, il l'étranglait ; ah ! ah ! elle mourait, sa langue s'échappait de sa bouche, elle perdait connaissance, elle ne sentait plus rien. Si, si, elle se figurait qu'on tapait sur son ventre à coups de marteau, qu'avec un couteau on lui fendait les cuisses, que tout son sang coulait d'une immense blessure coupant son corps en deux, et elle ne respirait plus, elle était morte. La main de Jean l'avait trop serrée à la gorge. Combien cela dura-t-il ? Elle s'éveilla comme d'un affreux cauchemar ; elle était étendue sur un drap au milieu de la pièce, et Jean la lavait, la nettoyait, tout en lui faisant passer sous les narines des sels. Elle était brisée, moulue, elle souffrait dans tous les membres, surtout de la gorge, de la tête ; des sanglots l'agitaient, mais de voir Jean, fou de joie à ses yeux qui s'ouvraient, elle souriait en pleurant, et murmurait :

— Tu as donc voulu me tuer, Jean ? Oh ! comme tu m'as fait souffrir !

— Pauvre enfant chérie, tu ne souffriras plus, tu n'es plus pucelle, et tu éprouveras de la joie lorsque nous recommencerons.

— Je ne suis plus pucelle, bien vrai ?

— Touche, tu as un petit trou qui te donnera bien de la volupté !

— Je ne suis plus pucelle, oh ! Jean, que je suis heureuse. Je ne souffrirai plus, et je pourrai être très amoureuse avec toi ! ah ! nous recommencerons bientôt !

— Et tes volontés régneront sur la maison. Plus rien de ce qui a été jusqu'à aujourd'hui ne sera à l'avenir. Je veux qu'on sache que tu es la petite amie toute puissante de miss Sticker, que tout le monde te plaise et t'aime ! Tu m'indiqueras tes caprices, et on les exécutera.

— Ah ! Jean, Jean, quelle félicité de ne plus être pucelle !

Dans les jours suivants, le pouvoir d'Hilda se fit sentir. Qui aurait jamais cru au changement si radical qu'elle provoqua ! Successivement, diverses mesures modifièrent la discipline si rigoureuse de l'Institution Sticker. Tout ce qui avait été interdit, non seulement fut toléré, mais devint chose courante. En dehors des heures de classe, les divisions d'études se transformèrent en véritables salles de récréation, où les maîtresses, les trois quarts du temps, n'exerçaient plus aucune surveillance, les élèves jouissant de la latitude de travailler leurs devoirs et leurs leçons dans leurs chambres, ou réunies comme autrefois à leur guise. Elles pouvaient se rendre des visites chez elles, user et abuser des récréations, pourvu qu'elles contentassent leurs professeurs ; jouer dans le parc ou dans les salons, divisions mélangées ; adopter tels jeux qui leur convenaient, les maîtresses ne se montrant de temps en temps que pour éviter les imprudences qui auraient risqué de compromettre l'établissement. Les liaisons entre deux amies furent permises, jusqu'à fermer les yeux dans le partage nocturne d'un lit, et des sauteries, certains soirs de semaine, cimentèrent bien des accords scabreux. La démoralisation, qui partait de la tête, descendait à travers les degrés de la hiérarchie scolaire : les maîtresses ne se gênaient plus pour s'entourer d'un petit sérail de favorites ; et les servantes apportaient leur élément dissolu aux libertinages qui s'accentuaient. Des punitions corporelles subsistèrent, surtout contre qui troublerait l'apparence d'ordre voilant les grands mystères de luxure entraînant tous les âges. Les flagellations se perpétuèrent, des peines de cachot de même, mais elles étaient le prétexte à des obscénités qui surexcitaient encore davantage les instincts vicieux. Derrière Hilda perçait l'influence de Reine, et Hilda gouvernait miss Sticker. Deux jours après le dépucelage, Hilda voulut pour toute la maison une journée complète d'absolue licence. Ce qui se déroula exigerait tout un volume. Les élèves eurent toute faculté de vivre leurs fantaisies, de s'amuser dans le parc, de se réunir dans les salles d'étude à leur idée, d'écouter leurs plus éhontées inspirations sous les mots de « pensées dégourdies », le personnel des sous-maîtresses et servantes devant s'écarter des lieux où elles s'assembleraient pour ignorer le genre de distractions auxquelles elles se livreraient. Si Reine était parvenue à désagréger la haute moralité qui constituait la réputation de l'Institution Sticker ; si, grâce à son tempérament tôt perverti, les désirs lascifs s'étaient propagés à travers tous les âges, à côté de ses débauches, il existait plusieurs foyers où le vice grandissait et enveloppait des groupes divers. Clary constituait un centre d'obscénités où quelques irrésolues venaient se brûler les ailes. Tout en ayant des préférences, elle s'affichait aussi éclectique que Reine. Elle aimait à être gougnottée, et si elle s'adressait surtout aux grandes filles, à la rigueur elle abaissait ses regards sur les fillettes de 13 ans, même de 12, quand leur gentillesse l'attirait. On avait tout à craindre de la surveillante générale, on ne refusait pas de la suivre dans sa chambre pour la branler, lui faire minette, ou encore s'exercer à l'enfiler à l'aide du godemichet, dont elle enseignait la manœuvre. Nelly Grassof, pour sa part, tout en étant concubine de miss Sticker et conservant du goût pour Reine, variait ses amourettes et savait avec habileté débaucher une de ses élèves, pour fourrager sous ses jupes. Parmi les élèves, Aline, Lisbeth, Cora et une fillette de 12 ans, Rosy Cherchoff, gentille blonde, rabatteuse pour Reine, comme Betty de Rosellen, ne manquaient pas de s'affranchir de toute sorte de pudibonderie, malgré le soi-disant calme des misses anglaises.

Dans la journée de licence, concédée à toute l'institution, le principal centre d'attractions s'offrait dans la visite à la chambre de la jolie Française. Cette chambre, grande et somptueuse pièce, où elle s'était installée depuis le favoritisme d'Hilda, se trouvait située au rez-de-chaussée. Pensant bien aux nombreuses amies qui lui couraient après, Reine sauta du lit d'aussi bonne heure que d'habitude et sa toilette terminée, vêtue d'une fine chemise très courte, se plaça devant son armoire à glace pour arranger ses cheveux. Elle commençait à peine cette importante opération que Betty et Rosy la rejoignaient. Elle avait laissé sa porte entrouverte pour révéler sa présence et engager à entrer sans hésiter. Ses deux petites amies vêtues de leur robe blanche de pensionnaire, l'avisèrent de l'effervescence qui régnait chez leurs compagnes, se disputant à qui viendrait la voir. Elles ne parlaient rien de moins que de distribuer des numéros d'ordre et de tirer les places au sort. Cette idée de rendre le hasard maître des désirs de ces fillettes ne les privait pas de contempler leur grande fille, lui patouillant les jambes, soulevant même sa chemise pour admirer ses deux belles fesses, son minet aux poils bien blonds, et Reine ne les réprimandait pas sur leur audacieux libertinage. N'étaient-elles pas ses meilleures élèves, et ne les trouvaient-elles pas toujours disposées à la recevoir sous leurs jupes ! Oh ! elle demeurait bien l'insatiable saphite de ses premières années ! Elle avait beau grandir, elle avait beau se livrer à l'enfilage de Jean Sticker et de Fréfré, son maître d'équitation, elle savait se prêter à la réciprocité des voluptés lesbiennes qui se retournaient pour l'encenser dans ses sexualités, Reine, après une courte accalmie, redevenait la curieuse effrénée de ce que voilaient les robes des petites et grandes filles de l'Institution, elle ne se lassait pas de se rouler aux pieds des unes et des autres pour enfouir son visage dans leurs cuisses : les passions particulières qu'elle nourrissait pour celle-ci ou celle-là, ne l'empêchaient pas de se vautrer dans la multiplicité des rapports obscènes, et elle ne se lassait jamais d'exercer ses mains ou sa langue sur la parties sexuelles de ses compagnes, sans préoccupation d'âge ou de caractère. À chacune elle reconnaissait une saveur spéciale qui la délectait et l'encourageait dans son vice : elle prétendait découvrir par la plus ou moins grande vibration de la corde voluptueuse, les tendances morales, la puissance matérielle de la gamahuchée, et en général, par ses observations lascives, elle tenait bien dans la soif de ses désirs celles qui se laissaient entraîner et séduire. Elle connaissait Rosy de l'année précédente, lorsque dans la nuit elle montait dans les dortoirs des jeunes fillettes, et l'enfant, déjà très portée sur la luxure, ayant été remarquée, catéchisée, éduquée par elle, dans ses vices, lui en conservait une reconnaissance des plus vives. Betty et Rosy la pressaient de plus en plus, s'enhardissaient devant son inaltérable complaisance à les embrasser sur le con et sur le cul ; elle se dégagea de leurs entreprises paillardes, et les pria de la laisser s'habiller, parce qu'elle entendait, durant la journée, s'amuser avec le plus grand nombre possible de leurs camarades, s'en remettant à toutes les deux du soin d'attirer les récalcitrantes à comprendre combien elle donnait du bonheur en suçant le petit bouton, la petite virginité et aussi le derrière, appuyant que lorsque toute l'Institution Sticker aurait goûté à ses caresses, elle se consacrerait définitivement à ses préférées.

— Ah ! murmura Betty, tu ne t'occuperas pas beaucoup de tes meilleures amies, encore aujourd'hui ! Si nous sommes venues te trouver si vite, c'est que parmi les moyennes, on complote de te rendre visite en masse, et que si on discute pour se donner des numéros d'ordre, elles ne se présenteront pas moins toutes à la fois, avec Rosy, nous n'en doutons pas un instant.

— À quoi bon, dans ce cas, se donner des numéros d'ordre ! Elles peuvent bien arriver toutes, elles me passeront par-dessus la tête les unes après les autres, et je leur fourrerai à chacune la langue qu'elles aiment le mieux. On sait bien que, déjà une fois, alors qu'on était très sévère comme on ne l'est plus, j'ai léché le postérieur à toute l'étude, pendant que miss Grégor, notre maîtresse, s'informait si on nous portait à goûter. Il en reste de celles-là pour raconter l'histoire !

— Eh bien ! on ne tardera pas à envahir ta chambre : il y en a qui bavardent dans le couloir.

— Fais-les entrer, Betty, et tu rigoleras de la scène.

D'un geste brusque, Reine retira sa chemise, et, toute nue, se laissa quelques secondes contempler et patouiller par ses deux petites amies. Puis, Betty s'étant approchée de la porte, introduisit de sept à huit fillettes de treize à quinze ans qui tenaient conseil pour décider si elles frapperaient ou si elles entreraient ensemble. Elles éprouvèrent un peu de fausse honte, de pudeur si on veut, en apercevant la nudité de Reine : mais, peu à peu, elles relevaient effrontément les yeux baissés, la regardaient avec de la perversité, et semblaient attendre qu'elle fixât l'ordre de luxure. Quelques-unes se poussaient du coude, échangeaient un sourire polisson et le cercle se resserrait autour de cette petite cochonne de Française. Parmi elles, il s'en trouvait qui n'avaient pas encore pactisé avec les licences charnelles : celles-là affichaient peut-être le moins d'embarras, et s'avançaient à pas à peine marqués, pour considérer le plus près possible le corps nu de leur compagne.

Reine, heureuse de l'effet qu'elle produisait, n'exagérait pas les gestes impudiques pour bien apprivoiser ce troupeau de jeunes brebis ne demandant qu'à être mises à mal : elle souriait avec gentillesse, une main sur l'épaule de Rosy, qui becquetait un de ses seins, et murmura d'une voix à demi sourde :

« Vous voulez savoir ce qu'est le plaisir de l'amour : eh ! il n'a rien de terrible, et il procure bien, bien de gentils frissons. Vous vous laisserez faire, et celles qui ne connaissent encore rien de la chair, deviendront comme les autres, elles me courront après pour que je les fasse jouir sous les minettes, ou en leur suçant leur postérieur. Je vous demande un peu si le devant et le derrière n'ont pas été créés pour les caresses ! Est-ce que le mien vous déplaît ? Non, n'est-ce pas, je lis ça dans vos yeux. Eh bien, moi j'adore le vôtre, même sans l'avoir vu. Je vais m'étendre au bas de mon lit, et les unes après les autres, vous vous mettrez à cheval au-dessus de ma tête, je suis certaine que vous voudrez toujours y rester ; Betty, tu me les amèneras successivement, on en profitera mieux qu'au parc. »

L'endiablée créature, étendue de son long sur le tapis, la tête appuyée sur un coussin, appela la première qui, conduite par Betty, se posta par-dessus son visage, les jupes troussées, pantalon ouvert. Reine lui demanda de s'accroupir comme si elle allait faire pipi dans sa bouche : elle glissa alors un doigt vers le clitoris et la langue suivit, manœuvra entre les cuisses et le conin. Elle sortit la tête de dessous les jupes pour observer que, s'il n'y avait pas de pantalon, on ressentirait davantage de félicité. Les visages, de plus en plus rougissants des fillettes, ne les empêchèrent pas d'obtempérer à ce bon conseil. En un rien de temps, toutes les petites jupes se relevèrent et les pantalons furent ôtés. Mais l'opération causa du mouvement, et ce mouvement se répercutant du côté de la porte, on aperçut de nouvelles élèves qui entraient : Rosy dut s'occuper à les placer de-ci de-là, tant et si bien que la chambre fut entièrement envahie.

Sur la remarque de Rosy, qu'il n'y avait plus moyen d'en recevoir, Reine ordonna de fermer la porte pour empêcher ce flot inattendu d'envahisseuses. Autour d'elle c'était un véritable grouillement de fillettes, depuis des enfants de dix ans jusqu'à des jeunes filles de seize ans : on en comptait bien près d'une vingtaine. Alors, pour faciliter la circulation sur sa tête, elle se plaça au milieu de la chambre et les pria de se mettre à la file par trois : on s'exciterait toutes ensemble, on s'échaufferait à serrer les cuisses contre les siennes, on se permettrait des attouchements dans la rangée, on se retrousserait réciproquement, et des idées polissonnes naîtraient. Se consacrant à celle qui se tenait accroupie sur sa figure, elle prenait ample connaissance de ses cuisses, de son con, de ses fesses, expédiait sa langue au clitoris, au trou du cul, se montrait infatigable et inlassable, frissonnait autant sous les jeunes et fluets attributs sexuels d'une gamine qu'entre les cuisses puissantes déjà formées d'une de ses compagnes de classe, au ventre orné de la toison de Vénus : elle sentait sur ses sexualités des mains qui s'amusaient à la branler, et elle s'agitait en d'approbatifs balancements ; la furie érotique se communiquait à cette réunion de filles plus ou moins nubiles, et si on veillait à ne pas perdre son tour pour le gamahuchage qu'elle accordait, bien des jupes demeuraient retroussées pour se faire patouiller par des mains complaisantes. Rosy, qui ne surveillait plus la porte, agenouillée dans un coin, travaillait de son côté avec la langue tous les cons et tous les postérieurs qui la sollicitaient. Le plaisir s'accentuait, des gougnottes d'occasion surgissaient, il semblait qu'à unir les visages et les parties sexuelles, on y puisait le goût de la débauche : une atmosphère lourde et capiteuse pesait sur ces jeunes cerveaux. Rosy se voyait dévêtir comme dans un brouillard et, toute nue comme Reine, elle rampait sur les genoux pour glisser entre les jambes, sucer et branler des clitoris qui se gonflaient et aspiraient à la décharge. Reine ne s'étonnait pas de ce que le nombre de ses visiteuses ne fût pas encore terminé : elle allongeait la séance ; elle retenait plus longtemps celle entre les cuisses de laquelle elle se trouvait ; elle branlait plus méticuleusement, elle léchait avec plus de science, elle provoquait la décharge de la cyprine, et elle commençait à se convulser sous les caresses qu'on prodiguait à son con, à son clitoris. Deux autres avaient quitté leur toilette, et aux lèvres paresseuses se joignaient les gestes intuitifs du rut. Une fille de seize ans avait pris entre ses cuisses le corps de Rosy et elle se frottait avec passion le ventre contre ses petites jambes ; Rosy comprenait bien le but qu'elle poursuivait, et elle se prêtait, avec une science diabolique pour son âge, à l'illusion recherchée en frictionnant bien l'épiderme de sa compagne de ses ingénieux tortillements. On ne pouvait cependant se confiner dans une chambre pour toute une journée. Reine se secoua, rappela sa raison, s'effara en apercevant des nudités autour d'elle, se redressa, frappa dans les mains, supplia de suspendre cette scène de folie, insista pour qu'on remît les toilettes, pour qu'on lui permît de se vêtir. Il fallait l'influence de l'inspiratrice de cette débauche pour rappeler au calme ces jeunes chiennes échauffées et assoiffées de sensations charnelles, toutes sur le point de se dévêtir pour se lancer dans la ronde échevelée, où leurs membres se détraquant, elles éprouveraient des vertiges de délices et de voluptés. Peu à peu elles comprirent qu'il y avait mieux à faire que de se rassembler en un seul groupe, et on se retira pour aller chercher de nouvelles distractions. Restée seule, Reine put s'occuper de se vêtir.

6

Il ne se produisit pas tout d'abord de désordres pour porter à regretter le changement de programme de l'Institution. La première correction, qui rappela les esprits à une saine observation des convenances fut provoquée par une inscription placée la nuit à la porte de Reine. Cette inscription, par elle-même, témoignait du degré d'émancipation atteint par les élèves aussi bien que par les maîtresses. Sur l'écriteau on lisait : *Bordel de l'Institution Sticker* – en français et en anglais, avec cette mention au-dessous : « Ici on lèche le cul, on suce le con, et même davantage, à l'œil ou moyennant un petit cadeau. » Qui avait écrit, qui avait posé l'écriteau, on ne put qu'accuser la main d'une amie négligée, et la rumeur publique désigna miss Aline. Une brouille séparait les deux amies : on savait qu'Aline s'était jetée aux pieds de Reine pour qu'elle ne lui battît pas froid de ce que peu après ses époques, enragée de désirs sexuels, aspirant à la reprise de leurs rapports, elle avait fait offrir à celle-ci un joli collier qu'elle possédait et dont Reine aimait à se parer souvent en le lui empruntant. Froissée, Reine avait justement répondu :

« Un petit cadeau, passe, mais un bijou, ce serait me vendre. »

Aline eut beau protester, miss Sticker, tenant à faire savoir que son autorité demeurait tout aussi dure à l'occasion, condamna la jeune fille ayant déjà franchi ses seize ans, à être exposée dans la salle de punition, les jupes attachées aux épaules avec la chemise, sans pantalon, les fesses et les cuisses nues, le corps lié au poteau d'exécution, pour que toutes les divisions défilassent devant son derrière, en lui décochant une fouettée à pleines mains. On avait perdu l'habitude de ce genre de châtiment public. Aussi lorsque Aline se vit arranger les jupes à ses épaules de façon à la découvrir de la ceinture aux genoux, elle ne retint pas ses pleurs. La honte rougissait son visage et elle tremblotait des jambes, ses bas noirs s'entrecho-quant parfois et faisant ressortir la blancheur de ses cuisses, les rondeurs de son postérieur, assez remarquable d'ampleur et de forme. Les petites s'avancèrent les premières et, méchantes gamines malgré leurs mignonnes mains, s'appliquèrent à fouetter ferme, de façon à ce que la claque s'entendît bien loin et même se marquât sur la chair. En cet instant l'érotisme ne préoccupait pas leur cerveau : elles contemplaient la belle surface satinée, pour la châtier avec la plus rude des vigueurs. Puis les moyennes survinrent et la fessée se donna avec autant de force mais avec une nuance de curiosité lascive. Enfin les grandes frappèrent à leur tour et quelques-unes murmurèrent à voix basse, avec assez d'adresse, un gentil compliment à leur pauvre compagne. Répétée par tant de mains, la flagellation ne pouvait manquer de teinter d'une forte couleur rouge le joli derrière d'Aline. Les fouettées distribuées, les élèves se rangèrent en demi-cercle autour du poteau, les maîtresses séparant les divisions les unes des autres. Miss Sticker, froide et impassible, se tenait près de la coupable supposée. Reine et

Hilda avaient été désignées pour fouetter les derrières. Quand Reine s'approcha de celle qu'elle pouvait à juste titre considérer comme une de ses meilleures amies, elle lui demanda si vraiment c'était elle l'auteur de l'indignité placardée sur sa porte, et Aline ayant répondu négativement, elle supplia miss Sticker de la dispenser de frapper.

— Nous possédons plus de sagesse et de discernement que vous, miss Reine, et nous vous refusons le droit d'intervenir dans une des rares punitions infligées depuis ces derniers temps ; je trouve donc excessive votre prière et je vous condamne à remplacer miss Aline au poteau, pour y recevoir la flagellation du martinet par la main des enfants.

— Mais...

— Fouettez miss Aline, et obéissez.

Reine allongea une forte claque sur le cul de son amie, et Hilda lui ayant succédé, une servante vint lui épingler les jupes et la chemise sur les épaules, après avoir retiré son pantalon. Comme Aline, elle montra ses cuisses et son postérieur, et on l'attacha au poteau. Miss Sticker ordonna qu'on conduisît la flagellée aux cabinets des arrêts, où elle coucherait cette nuit et où elle attendrait la remontrance qu'elle se proposait de lui adresser, avant qu'on recouvrît ses parties sexuelles. Pleurant et chancelant, défaillant devant le spectacle qu'elle présentait, Aline, emmenée par une maîtresse, dut passer dans cet état de demi-nudité, devant toute l'Institution rassemblée dans la salle de punition. À chaque pas ses fesses se convulsaient, se resserraient, et les vilaines petites, placées au premier rang, ne retenaient pas des rires moqueurs. Reine, attachée au poteau, supportait avec calme tous les regards qui convergeaient vers ses fesses. Les enfants de huit à dix ans s'alignèrent à la file les unes des autres et on remit à la première un martinet. La fillette, la plus petite de la maison, arrivait à peine au-dessus de la ceinture de Reine. Elle leva le bras et le martinet clapota sur les fesses : la sensation n'en parut pas pénible ; elles frissonnèrent tout juste ; le martinet passa de mains en mains, et, comme il arrivait ainsi chez les plus grandes de ces gamines, les coups s'accentuaient et se marquaient. Aux dernières, Reine, agitée de soubresauts, donnait des coups de ventre au poteau et tendait de suite son derrière, éprouvant sans doute le chatouillement voluptueux qu'elle ressentait à la flagellation. La petite division ayant appliqué la correction, miss Sticker fit remettre le martinet à Hilda pour qu'elle clôturât le châtiment infligé à la Française. Hilda, au lieu de se servir du martinet, détacha une rose qu'elle avait au corsage, s'avança du postérieur de Reine, et lui donna deux coups légers, après quoi, effeuillant la fleur sur les fesses, elle murmura :

« Pardonnez-moi, miss Sticker, mais je ne puis frapper autrement une amie qui m'est chère et dont vous approuverez l'amitié. »

La stupéfaction se répandit aussi bien chez les élèves que chez les maîtresses : on n'ignorait certes pas qu'Hilda, vivant sous la seule autorité de la directrice, exerçait sur elle une influence incontestable et dont chaque jour on ressentait les effets agréables ; on se doutait bien que miss Sticker se livrait à des passions plus ou moins avouables sur certaines élèves, après avoir été la rigide et implacable maîtresse de l'Institution ; on ne pouvait supposer qu'elle approuverait, en présence de tout le monde, cette désobéissance. Cependant, il fallut s'incliner devant le pouvoir surprenant de cette fillette, à peine adolescente : miss Sticker dit d'une voix très douce :

« Vous êtes la bonté même, ma chère petite et j'applaudis votre acte. »

Se tournant vers les maîtresses et les élèves, elle ordonna d'évacuer la salle de punitions, et qu'on prît une heure de récréation libre. Peu à peu la salle se vida, et Reine, détachée du poteau, les jupes rabaissées, se retira vers Hilda. Miss Sticker les avait prévenues qu'elle allait interroger miss Aline pour savoir si elle obtiendrait un aveu qui permettrait de découvrir l'intrigue polissonne coupable de l'outrage fait à la maison, en la personne de sa plus studieuse élève.

Dans le cabinet des arrêts, une pièce carrée, munie d'une demi-croisée à tabatière, au deuxième étage, miss Aline, tout apeurée de la remontrance annoncée par la directrice, se désolait, assise sur une chaise de genre tout spécial : cette chaise de bois et de caoutchouc présentait une lunette au siège, dans laquelle s'enfonçait le postérieur ; une barre verticale, au milieu, s'ajustait entre les cuisses pour les maintenir écartées ; au bout de la barre une forte ficelle traversait, grâce à laquelle on pouvait assujettir la patiente au dossier ; dans le dessous, à travers les barreaux, une planchette mobile, pareille à un soufflet d'orgue, mise en mouvement par un pied posé en avant, se remontait et servait à appliquer une flagellation toute particulière au derrière qui la dominait. Aline n'avait que ce meuble pour s'asseoir : le reste de l'ameublement se composait d'un lit en fer, d'une table supportant une cruche remplie d'eau et une cuvette, et d'une courte descente de lit. Elle savait, d'après les règlements, qu'elle devait s'asseoir sur la chaise, malgré la gêne que lui procurait la barre intercalée entre ses cuisses. Les minutes s'écoulaient, elle commençait à attendre avec impatience la venue de la directrice, lorsque la porte s'ouvrit et que miss Sticker parut :

— Miss Aline, dit celle-ci, vous avez subi le châtiment de la flagellation : pour cette fois, je me bornerai à cette correction. Je vais retirer la barre de cette chaise, afin que vous soyez plus à l'aise et me répondiez en conscience : je pense que vous serez franche et reconnaîtrez ma bienveillance.

Elle enleva la barre et rendit ainsi la liberté à la jeune fille qui s'empressa de serrer les cuisses pour cacher la vue de son con qui se montrait, et la directrice s'étant installée sur le bord du lit, elle répondit :

— Miss Sticker, je vous atteste que je ne suis pour rien dans cette affaire : l'affection que je porte à miss Reine m'eût interdit une telle abomination.

— Avez-vous un soupçon sur la coupable ?

— Qui accuser ? Une seule peut-être, et encore !

— Cependant cet écriteau a été écrit et posé par quelqu'un ! On n'a pas craint de vous désigner. Dites, nommez la personne que vous supposez. Quelle est celle qui, dans votre idée, serait capable de cette monstruosité ?

— Miss Jane Tirressy.

— Ah, vraiment !

— Je n'affirme rien, Miss.

— Bon, bon, j'éclaircirai la chose. Levez-vous et approchez par ici.

— Sans rabaisser mes jupes ?

— Je le veux ainsi.

De nouveau confuse, Aline se redressa debout et vint se placer devant miss Sticker, sur son indication ; celle-ci la contempla quelques secondes en silence et dit :

— Vous devenez une jolie jeune fille, miss Aline, et vous êtes femme par le corps. Il me plaît de vous confesser, et, suivant votre franchise, j'oublierai momentanément les noms que vous venez de me donner et je lèverai votre punition. Êtes-vous décidée à me répondre sans faux-fuyants ?

— Oui, Miss.

— Vous avez un postérieur très bien formé et la rougeur des fouettées a déjà disparu. Asseyez-vous sur mes genoux, nous causerons plus tard et de façon plus intime.

— Oui, Miss.

Aline tremblait bien un petit peu de la tournure que semblait prendre l'entretien ; mais, viciée par Reine et d'autres, elle n'appréhendait pas les intentions lesbiennes qui pouvaient germer chez sa directrice. Elle savait bien néanmoins qu'un mystère sexuel se cachait en elle, son esprit n'évoquait pas la masculinité. Elle ne s'effarouchait donc pas que miss Sticker posât un doigt sur son con et lui murmurât avec une évidente émotion :

— Une gentille vierge, mon enfant, avec un chat bien brun, bien frisé, bien fourni, un chat révélant que vous êtes une fille chaude et ardente ! Est-ce vrai, ne mentez pas, je suis au courant de beaucoup de choses.

De plus en plus émue, Aline répliqua :

— Oh ! Miss ! je sens que vous êtes bonne pour ma petite personne, et je n'oserai vous mentir si vous me câlinez ainsi, si amoureusement ! Oui… je suis chaude, quoi que ce ne soit pas trop convenable pour les jeunes filles de notre pays, mais Reine…

— Ne nommez pas vos amies dans ces circonstances délicates ! Vous êtes chaude, je le vois à votre petit bouton qui frétille sous mon doigt.

— Ah ! Miss, Miss, de me sentir dans vos bras, contre votre poitrine, avec votre main qui… me branle, il me serait bien difficile de rester froide.

— Vraiment chérie ! voyons, placez-vous à cheval sur mes genoux, que je lise dans vos beaux yeux vos pensées secrètes.

— À cheval ! Avec mes jupes formant bouclier sur ma poitrine !

— Elles ne cachent pas ce qui vibre sur votre corps ! Ma jolie Aline, vous jouissez !

— Oui, oui, oui, oh ! Miss !

Elle se renversa contre l'épaule de la directrice, les yeux fermés. Sa sexualité déjà excitée par les fouettées reçues, son clitoris gonflé sous le branlage très prononcé de miss Sticker, elle jouissait, se mouillait de cyprine. Miss Sticker sortit un mouchoir de dentelle de sa poche, le lui tendit pour qu'elle s'essuyât, et la chose faite, elle embrassa le mouchoir à la grande surprise de la jeune fille qui n'hésita pas à se placer à cheval, comme elle le demandait. Alors, la directrice l'attirant de plus en plus près contre sa poitrine, l'embrassa sur la bouche, la becqueta et l'excita avec toute sa science. Malgré le feu qui se communiquait à tout son sang, Aline ressentait cependant une certaine frayeur inconsciente. Il lui semblait que sous les jupes de miss Sticker, un objet assez dur grossissait et essayait de la soulever : mais elle ne résistait à rien. Miss défaisait les épingles qui retenaient ses jupes et sa chemise aux épaules, et ces épingles retirées, elle la déshabillait, la mettait toute nue : Aline ne s'offusquait pas, ne se défendait pas.

— Eh, mais ! s'écria la directrice, vous avez de jolis nénés très apparents, ma belle enfant, et je vais les téter.

— Miss, Miss, vous me rendez folle de plaisir ! Dites-moi, qu'avez-vous sous les jupes qui bouge tout le temps et me pousse ?

— Relève-toi, je te le montrerai, mais il faut rester droite par-dessus.

Aline, debout au-dessus de ses jambes, miss Sticker n'hésita pas à soulever ses jupes et à exhiber aux regards étonnés de l'élève, sa queue, loin d'égaler celle d'un homme constitué normalement, mais très raide et altière. Aline comprit qu'elle se trouvait alors en présence d'un être du sexe masculin. Un frisson la parcourut : elle n'aurait pas pu dire si elle éprouvait de la frayeur ou si elle ressentait le désir de quelque chose d'inconnu qui la métamorphosait dans son moral et dans son physique. Miss Sticker la réinstallait sur ses cuisses découvertes, et elle sentait vers son con, vers son minet, cette machine d'homme qui la picotait.

— Touche là avec ta main, murmura miss Sticker.

Elle la toucha, et cela lui produisit un drôle d'effet : on aurait dit que ses nerfs en recevaient comme un choc électrique. Miss la remit debout et se releva : d'une main fiévreuse, elle se dépouilla de ses vêtements et elle apparut dans toute sa virilité, si bien voilée par les atours féminins. Il n'y avait plus rien de miss Sticker : devant ses yeux, Aline apercevait un galant très épris qui l'entraînait sur le lit. Résister, la pauvrette le pouvait-elle ? Elle appartenait à la directrice, quoique cette directrice fût un homme. Elle en dépendait de façon absolue. Est-ce que Reine, est-ce que Hilda pensèrent à la révolte ? Elles goûtèrent du plaisir dans ce qui allait se passer, pourquoi Aline aurait-elle refusé d'en goûter pour sa part ? Aussi suivait-elle l'impulsion indiquée : elle s'étendait sur le lit, elle ouvrait ses bras, elle écartait ses cuisses pour que miss Sticker s'y intercalât au milieu, elle tremblait vraiment sous une très vive émotion voluptueuse. Oh ! elle était une fille prête pour l'œuvre d'amour, avec son chat brun, que Reine proclamait le plus beau et le plus tentant de l'Institution. Et Reine devait s'y connaître en fait de chats. Oui, oui, elle pouvait être autel d'amour, avec ses gentils nénés, pointant déjà, son ventre satiné, ses cuisses potelées, ses fesses dodues et fermes. Pourquoi eût-elle repoussé la sensation de l'amour vrai, elle qui depuis des mois pratiquait le lesbien avec Reine, très portée à la gamahucher ! Miss Sticker applaudissait les excellentes dispositions dont elle témoignait. Rien ne l'arrêtait comme la première fois avec Hilda : Aline courait au-devant de l'attaque, s'y prêtait, s'y précipitait. Elle se collait contre le ventre mâle, elle écartait les cuisses, donnait du con sur le gland et la déchirure s'opérait presque sans souffrance, dans de simples secousses successives, augmentant plutôt le désir érotique. Jean Sticker poussait, poussait, il était le maître, sa queue pénétrait dans ce vagin virginal qui se rendait sans combat. Ah ! cette chère Aline, quel tempérament fougueux elle annonçait ! Elle s'agitait comme une torpille, elle se calait sur les fesses, elle sautait avec ivresse sur son dépucelage qui s'accomplissait, elle dévorait de tendres baisers son ravisseur, elle le pressait sur son cœur, le serrait dans ses bras, elle était bien prise, elle jouissait sous la décharge rapide de Jean, lançant son sperme, la fièvre la gagnait encore plus, elle espérait que cela allait se poursuivre toute la nuit. Déjà Jean Sticker, ayant éjaculé sa jouissance, se reprenait ; déjà il retirait sa queue de ce nouveau con ouvert à l'ouvre de l'amour, déjà le changement de physionomie s'affirmait. À la douce tendresse du mâle rentrant ses griffes pour s'assurer la possession de la femelle, succédait la parole sèche du despote honteux de s'être abaissé dans le contact des épidermes. L'acte de ce dépucelage enlevé si inopinément troublait la directrice ! Oh ! elle n'était pas venue pour s'oublier ainsi, elle voulait réellement gronder, effrayer Aline. La tentation de la chair l'avait emporté, et, se détachant des bras de la jeune fille qui cherchait à la retenir, sa pensée retournait à la petite Hilda, de qui elle gardait le plus vif souvenir. Étrange aberration des sens ! Aline, douée de toutes les grâces nécessaires pour séduire et contenter un amant, ne le disputait pas encore à la fillette mièvre qui, si elle se soumettait à l'enconnage, dissimulait mal la légère terreur l'assaillant à l'approche de sa queue.

— Aline, dit miss Sticker, lorsqu'elle fut rajustée et sur le point de partir, le silence s'impose sur ce que nous venons de faire et sur ce que je suis. Je n'ai pas besoin d'insister, votre intérêt l'exige autant que le mien.

— Soyez tranquille, Miss ! Me condamnerait-on au pire des châtiments que je n'en parlerais pas, même à mon ombre.

— Merci pour vous et pour moi, ma chère enfant ; à l'occasion mes yeux s'inquiéteront de vos gentillesses.

— Je guetterai leur bienveillance, Miss.

7

Aussi calme et aussi froide que si elle se fût occupée de l'action la plus naturelle, miss Sticker s'éloignait du cabinet des arrêts où elle avait laissé Aline, libre de retourner à sa chambre, avec un mot l'exemptant de tout supplément de punition. Elle marchait lentement, perdue dans ses réflexions. Éprouvait-elle du remords ? Non, non, Reine, Hilda, Aline, trois pucelles avaient succombé sous ses désirs mâles. Elle valait donc les autres hommes ! Nelly, Gertrie, complétaient la liste de ses maîtresses. Mais toutes s'effaçaient devant la gracilité d'Hilda. Ah ! ce qu'elle rêvait de donner des joies de vanité à la chère petite ! Ah ! comme elle lui prouverait sa reconnaissance pour les félicités plus subtiles qu'elle lui devait. Certes, elle n'oubliait pas toutes celles vécues avec Reine, la débauchée Française, qui éveilla ses sens des longs sommeils léthargiques, les annihilant ; cette ravissante prêtresse de lascivités qu'elle savait apprécier et qu'elle baisait encore de temps en temps, non, elle ne l'oubliait pas. Hilda cependant, c'était la fleur délicate qu'elle arracha aux mains d'un rustre, afin de se la réserver. Elle l'avait dépucelée et maintenant elle entrait dans son petit con sans trop de difficulté, et elle en jouissait avec des raffinements de luxure, bien à son propre goût, non inculqués par Reine. Ses lèvres souriaient en pensant à sa petite maîtresse et elle se réjouissait du charme qu'elle exerçait sur sa nervosité. En évoquant son image, elle rebandait déjà et elle serait en mesure de lui tirer son coup avant de se coucher. La chère adorée l'attendant sans doute dans sa chambre pour savoir si elle voudrait faire l'amour ! Elle appelait ainsi d'intuition l'acte d'être baisée. Ah ! quel fond de gentillesse elle possédait dans l'âme, et combien elle fut séduisante en effeuillant la rose sur le joli postérieur de Reine ! Miss Sticker allait à petits pas à travers un long couloir, et descendait au premier étage sans s'occuper des élèves qui, profitant de l'heure de récréation donnée, malgré qu'elles eussent dû être retirées dans leurs chambres, avaient prolongé cette heure et regagnaient leurs lits sur les objurgations réitérées des maîtresses. Elles montaient par bandes dans l'escalier et miss Sticker, voulant se rendre compte de l'état des esprits, se dissimula dans une encoignure d'où elle pouvait les voir et les entendre. Les maîtresses, qui précédaient leurs divisions, frappaient et refrappaient dans leurs mains en criant :

« Miss, miss, vous lasserez la bonté de miss Sticker, et on reviendra aux dures punitions corporelles. Allons, allons, de la bonne volonté, et entrez vite dans vos chambres. »

Les élèves grimpaient en courant, par groupes de quatre à cinq ou par couples et suivaient à d'irrégulières distances la surveillante les obligeant à la retraite. Des rires, des exclamations de joie, de bonheur, retentissaient et il se produisit entre quelques-unes des arrêts pour échanger les dernières confidences, arrêts s'effectuant juste devant le coin où se cachait miss Sticker, parce qu'il était le point de démarcation pour séparer les diverses divisions

— Ah ! quel changement dans la maison ! répétait-on fréquemment. Et comme la vie de pension devient agréable, on voudrait toujours y rester, même y passer ses vacances !

— Dis, ne t'endors pas tout de suite, je viendrai te souhaiter bonsoir et me réchauffer un moment dans tes draps.

— Ne croirait-on pas qu'il gèle ?

— Tu ne veux pas ! j'irai voir ta voisine.

— Non, non, je t'attendrai.

Oh ! les effrontées ! Miss Sticker souriait et pensait à la folie, et pensait à la jolie quantité de pucelles en train de s'ouvrir les idées pour préparer le dépucelage de leur con. Elle surprenait des traîneuses, marchant loin, loin après les autres, ne se pressant pas d'avancer, afin d'échanger une brusque caresse et de profiter de leur isolement pour se regarder sous des jupes prestement troussées, se patouiller et ne pas craindre de risquer quelques minettes ou quelques feuilles de rose. Le feu de luxure ravageait bien tous les cerveaux. Cependant, peu à peu le vide s'accentuait : miss Sticker entendit un pas qui se précipitait, un pas de fillette qui grimpait l'escalier quatre à quatre, alors qu'une voix au-dessous suppliait :

— Lucy, Lucy, veux-tu bien m'attendre ?

— Non, je ne veux pas, je ne veux pas.

Une ravissante blondinette, au type très pur et très idéal, une enfant d'à peine dix ans, fut rejointe par une grande et jolie fille de quinze à seize ans qui la saisit par les bras et lui dit :

— Ne sois pas méchante, Lucy, tu sais que je te bourre de petits gâteaux !

— Tu as des bonbons ?

— Pas dans ma poche, mais dans ma chambre, je t'en donnerai.

Lucy Barrissor et Christya Zolvoff, une autre blonde, s'arrêtaient devant la cachette de miss Sticker, la grande tenant serrés les bras de la petite.

— Asseyons-nous une minute sur l'escalier et puis tu viendras prendre des bonbons.

— Tu me feras attraper et punir, Christya.

— Je dirai que c'est moi la fautive et je me moque même du chevalet ! Tiens, vois mon petit minet que tu aimes tant à regarder et à toucher.

— C'est parce que ça me semble si drôle de voir des poils sur le bas-ventre ! Ils sont si bien dorés, les tiens.

Assise sur une marche de l'escalier, Christya avait ramené ses jupes de façon à découvrir son chat et ses cuisses, apparaissant sous le pantalon très écarté et de guider la main de la fillette sur son con, son clitoris.

— Chatouille doucement, murmura-t-elle.

— Non, je ne veux pas, tu vas me mouiller les doigts et j'ai peur que ça se devine.

— Que tu es nigaude ! Tu te laveras en te couchant ; et puis ça ne laisse pas de trace. Va bien doucement ; c'est meilleur pour commencer, ça donne de petits frissons, parce que tu sais, tu es tout plein jolie et gentille, ma belle petite Lucy !

— J'aimerais bien de m'asseoir sur tes genoux et que tu me caresses, en m'embrassant bien, comme tu fais quelquefois, quand nous nous enfermons dans le water-closet.

— Tout à l'heure, tout à l'heure, ne t'arrête pas de branler, ma chérie.

— Non, j'ai peur. Prends-moi sur tes genoux un instant, et puis sauvons-nous.

— Tu ne veux pas m'embrasser là, dis, là, sur le petit bouton ?

— Non, non, pas ça.

La fillette se glissa sur les genoux de la grande, lui passa les bras autour du cou, et se fit câliner comme une enfant gâtée. Christya envoyait la main sous ses jupes courtes et la fouettait sur son jeune postérieur de petites claques caressantes. En ce moment, miss Sticker, malgré tous ses efforts pour se retenir, éternua vigoureusement. Épouvantées, les deux retardataires se séparèrent et Lucy, la plus vite prête, courut précipitamment dans la direction de son dortoir, sans s'occuper de sa compagne. Celle-ci, presque aussi vite, bondit en avant, mais dans son trouble elle faillit se jeter sur miss Sticker qui sortait de son encoignure, la tête dissimulée sous un mouchoir pour n'être pas reconnue. Christya tourna brusquement du côté opposé mais l'effroi qui s'exprimait sur ses traits leur donnait une joliesse toute spéciale. Involontairement et sans réfléchir, miss Sticker s'élança à sa poursuite ; elle ne savait pas quel démon la poussait, elle bandait encore plus qu'avec Alice. Il semblait que ses sens s'éveillaient par périodes pour l'inciter à des ruts de plus en plus fréquents ; puis, sa semence ne se répandant pas à gros flots, la piqûre du désir renaissait plus vite. Christya courait comme une biche ; mais la peur la dominant, elle s'effarait, se trompait de chemin, ne prenait pas le couloir voulu, et tournait, retournait par les mêmes galeries. Miss Sticker, qui veillait à ne pas découvrir son visage, sans savoir pourquoi, en était gênée dans sa poursuite. Elle eut autrement déjà saisi la jeune fille. Soudain Christya s'engagea dans un vestibule précédent un salon, pénétra dans ce salon plongé dans l'obscurité, chercha à s'abattre derrière un sofa : elle était prise par les jambes, retenue sur place. Elle supplia à tout hasard :

« Miss, miss, ne me dénoncez pas à la directrice. »

Elle supposait avoir affaire à une maîtresse quelconque. Jean Sticker maintenait la fillette sous son emprise, comme il avait agi la première fois avec Reine de Glady lorsqu'il l'avait surprise en faute dans la nuit. Il la patouillait sans scrupule et la branlait comme elle venait de l'être par la petite Lucy. S'excitant au jeu, elle lui soulevait les jupes, dénouait les cordons du pantalon, le tirait vers les pieds, donnait la liberté aux fesses et aux cuisses et elle envoyait la langue dans la fente du cul, vers le con, en écartant les jambes. Surprise de ce qui se passait, Christya se rassurait, ne résistait pas davantage, se prêtait. Jean sticker était de nouveau à point ; il rejeta ses propres jupes sur les épaules de la fillette, approcha le ventre et sa queue en érection heurta les cuisses qui s'offraient à sa concupiscence. Une minute, Christya s'affola à la reconnaissance du véritable sexe de la femme dont elle se trouvait être la proie : elle cherchait à se glisser, à se relever, à fuir, une main de fer l'obligeait à rester prostrée, et des cuisses musculeuses enserraient sa croupe comme dans un étau : elle ne se défendait plus. Comme la gazelle sur qui vient de bondir un tigre, elle attendait ce qui allait s'accomplir en victime résignée, et dans cette résignation elle puisait une certaine félicité sous laquelle elle répondait de son mieux à l'attaque qui la pressait. Qu'était donc cette nouvelle sensualité qui l'intriguait autant qu'elle la domptait ? Elle obéissait à la volonté de l'être inconnu qui la subjuguait ; elle sentait le cul rivé à un ventre endiablé de mouvements, au bas duquel la machine masculine se frayait son chemin entre ses cuisses pour chatouiller son petit bouton, son con. Et là, agrippée à la taille par des mains robustes, elle comprenait que cette queue, sûre de son but, ne quitterait le lieu de combat que la porte du sanctuaire violée et conquise. Et cette porte se rendait, courait au-devant d'un crochetage ! Y avait-il derrière elle une virginité entamée ? se demandait Jean Sticker. Non pas, mais Christya appartenait au clan des débauchées formées par Reine qui la gougnottait souvent avec amour ; elle était de celles qui, ne se contentant pas de la Française, s'adressaient à ses élèves dans l'art de lécher un con et le sien frétillait sans cesse à la recherche d'une bonne camarade qui la dévorerait de minettes. Elles se donnait à présent, elle marchait avec Jane Tirressy, celle désignée par Aline comme coupable présumée de l'écriteau placardé à la porte de Reine, avec Lisbeth et avec la petite Lucy qu'elle débauchait depuis quelques jours. Son con, si souvent mouillé par la salive de ses compagnes, jouissant souvent sous le branlage ou sous les minettes, n'aspirait qu'à l'invasion victorieuse des queues viriles. La pine de Jean Sticker avait raison du fragile obstacle virginal encore plus facilement qu'avec Aline, et

Christya recevait la décharge du sperme dans son vagin, avec plus de plaisir que de douleur. Une pucelle disparaissait de ce monde, une putain y apparaissait. Sa jouissance éprouvée, Jean, se reculant, appliquait une grosse claque sur le cul de la jeune fille, et se redressant, lui murmurait :

« Fruit pourri, rentre dans ta chambre, et tâche d'oublier ce qui vient d'être. »

Elle laissa la fillette stupéfiée, dans une angoisse terrible, se croyant l'objet de quelque sortilège. Un homme se cachait sous les jupes d'une femme, cet homme possédait la voix de la directrice, ce ne pouvait être qu'un démon, elle serait possédée comme le furent au Moyen Âge tant de femmes. Folle de terreur, elle se leva, frottant sa chemise, le sperme suintant à son con et se réfugia, sans plus regarder derrière elle, dans sa chambre. Oh ! que de réflexions contradictoires l'envahirent ; elle se rappelait toutes les phases de son aventure, se rassurait et s'effrayait tour à tour et elle finissait par toucher avec plus de force de joie que de remords son con troué et mis à mal. Le calme revenait peu à peu dans son esprit, et, dans son lit, elle s'endormit en pensant que d'éternelles félicités la consoleraient de l'outrage vomi par l'être bizarre qui l'avait dépucelée.

8

Hilda régnait, et Hilda se transformait sous la possession de Jean Sticker. Elle n'atteignait certes pas le développement de Reine et d'autres, mais ses maigreurs s'effaçaient, les membres s'étoffaient, les bras s'arrondissaient, les cuisses prenant de l'ampleur et les nénés naissant, le minet se fournissait et, coquette, élégante, ayant à sa disposition des coupons de soie et de satin pour se vêtir à sa fantaisie, ainsi que des couturières pour écouter son goût, elle portait des robes longues et traînantes, aux couleurs claires, avec de riches dentelles encadrant sa tête fine et mignonne. Avec elle, Jean retrouvait toujours des forces et des désirs ; elle parlait plus à sa peau que l'irrésistible Française et il la baisait presque tous les jours, plutôt deux fois qu'une. Elle courait d'elle-même à ce coup de queue qui lui causa tant de souffrance au début. Elle connaissait l'étendue de son pouvoir et en usait ; des fêtes fréquentes témoignaient de sa vanité à l'afficher. Miss Sticker la produisait, l'affirmait hautement sa favorite et si on ignorait qu'elle fût un homme, on ne doutait pas qu'elle la gamahuchât souvent. Les joies d'Hilda se répercutaient dans ses sens et quand elle la voyait s'amuser, s'ébattre avec ses compagnes, elle éprouvait de suite la furieuse tentation de la rappeler pour l'asseoir sur ses genoux, l'embrasser sur le con devant tout le monde et lui murmurer dans l'oreille combien elle avait toujours envie de la grimper. Hilda riait, se laissait embrasser, caresser, rendait baisers et caresses, et demandait quelque faveur pour une de ses compagnes, une maîtresse, même une servante. Elle avait obtenu la réintégration de Rosine ; elle avait réconcilié Jane et Reine pour empêcher la directrice de sévir contre la première, ayant avoué être l'auteur de l'écriteau ; elle avait fait retirer la terrible menace affichée dans les classes et les études : « Par le fouet et par les verges ». On ne flagellait presque plus, et si on fouettait encore, c'était plutôt par sensualité que par punition. Comme avec Reine, les désirs la poursuivaient ; elle avait la sagesse de ne pas trop se laisser entraîner puis, Jean Sticker l'accaparait tellement qu'elle disposait de peu de temps. Néanmoins elle descendait parfois le matin à son étude, à son ancienne place, pour y savourer la joie de la différence qui existait entre le passé et le présent. Autant autrefois on la punissait pour la moindre faute, autant maintenant on fermait les yeux sur ses plus audacieuses turlupinades d'écolière. Généralement, la sous-maîtresse, chargée de la direction de l'étude, profitait de son apparition pour s'éloigner, accordant ainsi toutes ses élèves, craignant de perdre son autorité par les complaisances qu'elle serait obligée d'avoir. Hilda, délivrée de toute surveillance, s'informait auprès de ses compagnes de ce qu'elles souhaiteraient de récréations, de fêtes, de réunions dansantes ou autres, se chargeant d'en solliciter l'autorisation auprès de la directrice. Elle se posait en providence, et en jouait le rôle avec beaucoup de tact. Dans ces visites intermittentes, parce qu'elle dormait d'habitude assez tard le matin, elle ne manquait pas de se tenir au courant des fredaines galantes qui s'accomplissaient, des succès de Reine et de ses imitatrices, non qu'elle les ignorât mais pour éveiller le vice chez celles qui l'entouraient, et riait si on lui demandait quelles étaient les bonnes leçons qu'elle prenait avec la directrice. À cause des cochonneries dans lesquelles elles se lançaient, les cerveaux s'échauffaient chez ces fillettes et la sous-maîtresse n'étant pas là, bientôt des jupes se relevaient, des pantalons s'ouvraient et on invitait Hilda à lécher quelque conin, à sucer quelque bouton afin qu'on se rendît compte des progrès atteints dans son favoritisme.

« Eh ! Hilda, disait celle-ci, les jupes au-dessus du ventre, le pantalon sur les pieds, les cuisses écartées montrant le léger duvet au-dessus du con, tu ne me l'as pas bien fait la dernière fois. Viens vite me fourrer une langue, tu n'as pas la même méthode que Reine et tu secoues davantage. »

La méthode autre que celle de Reine ! Comme Alexandra dans le temps, elle cherchait à adopter un genre différent de celui de la Française dans la façon de jouer des lèvres, de la langue, des mains, avec une allure spéciale de corps. Reine s'affirmait en bacchante effrénée de saphisme ; Alexandra en vierge timide et complaisante. Hilda se livrait à l'attitude amoureuse, langoureuse, soupirant avec volupté en approchant le visage des cuisses d'une de ses compagnes, sortant lentement, petit à petit, la langue pour en effleurer d'abord à coups de pointe le contour des lèvres secrètes, intercalant un mouchoir de dentelles pour recueillir la cyprine et en conserver sur le cœur la délicieuse influence. Elle se souvenait en gougnottant un con, non sans étonnement, de sa colère lorsque Betty lui proposa de goûter la félicité charnelle par le gamahuchage de Reine. À son tour, par la débauche que lui infusait Jean Sticker, elle devenait une gougnotte. Elle venait justement dans sa salle d'étude pour apporter satisfaction à quelques-unes de ses amies et, dès que les jupes se relevaient, dès qu'apparaissaient les parties sexuelles de ces fillettes de 12 à 15 ans, elle se faufilait sous les bancs pour branler et lécher, prouver les progrès qu'elle accomplissait. Oui, malgré les sensations plus fortes du baisage, ses sens vibraient à contenter ces jeunes appétits mis en éveil par son arrivée dans l'étude, elle ressentait un certain frémissement qui lui caressait agréablement la nuque, en se traînant sur les genoux vers les jambes qui l'appelaient, palpant avec plaisir d'abord les mollets, embrassant les genoux, passant la bouche au-dessus pour la remonter vers l'entrecuisse : là, elle se calait, les deux bras autour des reins de la camarade qu'elle s'apprêtait à gamahucher. De ses doigts elle effleurait la surface des fesses en un chatouillement préventif qui alanguissait les sens de sa compagne, elle enfouissait le visage en biais, au-dessous du gras des cuisses, elle le glissait à la place voulue ; sa respiration soufflait chaudement sur le bas-ventre, sa langue sortait peu à peu, se dardait, atteignait le con, et ses manœuvres pour les minettes commençaient. Elle agissait avec amour, et ses regards examinaient à côté, plus loin, pour scruter celles qui désiraient ses caresses : dans un vague délicieux, elle entendait les perverties vanter aux réfractaires le charme de ses suçons et si on ne les convoquait pas, du moins les entêtées vertueuses ne l'entravaient pas pour passer de l'une à l'autre, les changements de personnalité lui plaisaient tout autant qu'à Reine, et les dernières étaient toujours les mieux servies par l'excitation qui la gagnait. Oh ! quelle douce constatation ! Sous chaque nouvelle jupe, elle découvrait un nouveau foyer de luxure et elle s'instruisait à développer ces aspirations si diverses dans la manifestation des idées paillardes. Elle ne demandait pas la réciproque ; elle aurait eu trop peur qu'on s'aperçût de son dé-pucelage. Elle pouvait agir en toute quiétude, la sous-maîtresse ne rejoignait son étude que quelques minutes avant l'heure de la classe. Mais cela ne valait pas ses relations avec Reine, avec qui elle apprenait les mille nuances du saphisme pratiqué dans les deux sens, l'actif et le passif. Oh ! elle le reconnaissait, il y avait de la prétention à s'afficher cheffesse d'une école op-posée à celle de la Française ! Celle-ci était certainement la déesse Sapho réincarnée ! Elle possédait l'art de deviner vos endroits sensibles et les atteignait au moment où vous n'y pen-siez pas, elle vous jetait dans une extase incompréhensible où elle provoquait tous vos instincts de luxure, vous encourageait dans l'expansion de toutes vos aspirations lascives ; avec elle on ignorait ce qu'on préférait : faire la caresse ou s'y livrer pantelante et mourante. Aussi, l'influence qu'elle acquérait sur celles qu'elle gougnottait, elle la conservait toujours. Hilda subissait sans révolte son influence et Reine, par ricochet, usait de la petite amie pour agir sur miss Sticker. Que de mesures étranges et insolites, sous sa suggestion, Hilda arracha à la directrice. Reine jouissait d'une liberté aussi étendue que la sienne et parvenait, par son intervention, à se faire octroyer le titre de sous-maîtresse, tout en achevant ses classes, avec la direction d'une dizaine d'élèves. Celles-ci naturellement choisies parmi les plus dissolues, furent le centre de la dépravation qui s'étendait sur toute l'Institution. Cette dépravation, pour dominer, à l'heure présente et par la directrice, et par Clary, devenue toute puissante sur Reine, et par Rosine, la propageant chez les jolies servantes et aussi chez les serviteurs hommes, n'en laissait pas moins en dehors de ses atteintes la grande majorité des élèves, sachant bien ce qui se passait, mais rétives à souscrire à la moindre compromission charnelle, grâce à un sang plus froid ou à une raison plus calme et plus sage. Quelques-unes même commençaient à s'indigner de la tolérance et de la faveur dont jouissaient les perverses de la maison et à écrire à leurs parents pour les avertir des dangers qui les menaçaient !

Quelle illusion de croire que ces lettres parviendraient à destination ! L'étude, dirigée par Reine, remplissait, par la volonté de Clary, l'office de cabinet noir. Miss Sticker qui, dans le temps, inspectait toute la correspondance, s'en remettait à la Française, laquelle lisait les épîtres, annotait les compromettantes et les transmettait à Clary ; celle-ci décidait s'il y avait lieu d'étouffer l'affaire ou d'en référer à la direction. Quand cela en arrivait là, la plaignante n'échappait pas à un sévère emprisonnement au cachot, à la flagellation appliquée par Reine, Clary ou Rosine, en présence d'une délégation de toutes les divisions et, si elle ne faisait pas amende honorable ou déshonorante, comme on voudra, il s'ouvrait pour elle une ère de tracasseries, de petites tortures, qui finissait par en avoir raison. Elle succombait fatalement au charme de la Française qui profitait de la dépression morale obtenue, pour affecter de la sentimentalité, de la commisération et conquérir le cœur de la pauvre dénonciatrice.

Hilda régnait, mais Hilda en floraison d'adolescence, au bout de quatre mois de bonheur sans nuage, éprouva une secousse inattendue, un après-midi où elle errait seule par le parc avec sa longue robe que le vent soulevait par moment, la découvrant jusque par-dessus les genoux, montrant ses bas à bandes larges noires et grises, avec le pantalon orné d'une grande et belle dentelle. Sur la tête elle portait un chapeau de paille à ailes recourbées, enguirlandé de fleurs, imprimant à son visage une idéale expression de roman. À deux pas en avant, figé, la contemplant, elle reconnaissait Hippolyte Grandson, de retour d'Écosse depuis la veille. Il était costumé d'un pantalon et d'une veste de coutil, sur la chemise de couleur, la veste ouverte, laissant voir une ceinture en cuir qui retenait le pantalon. En le voyant, elle s'aperçut que sa promenade l'avait conduite près de son pavillon et, arrêtée comme lui, elle dit tout en rougissant :

— Vous êtes donc de retour, Hippolyte ?

— Vous me reconnaissez, miss Hilda ?

— Je ne vous ai pas oublié.

Ils se rapprochèrent et en le regardant elle se souvenait de tout ce qu'il y a entre eux. Il fut le premier homme dont elle toucha la queue, qu'elle suça, qu'elle fit jouir, et cette homme, un rustre cependant, ne la martyrisa pas pour la dépuceler : il revenait d'Écosse, d'exil, à cause de leur rendez-vous surpris par Miss sticker, et il ne lui répugnait plus, elle avait envie de sa queue, plus forte, plus dure, plus raide que celle de Jean, et elle reprit :

— Que vous ai-je dit la dernière fois où nous nous sommes vus, le soir, sous la futaie, ne vous rappelez-vous pas, Hippolyte ?

— Je me rappelle très bien : vous m'avez dit que vous tâcheriez de ne plus être une petite fille à mon retour.

— Eh bien, trouvez-vous que je le suis ?

Il la contemplait avec des yeux ébahis ; il n'y avait pas à s'y tromper. Rien en Hilda ne trahissait la fillette ingénue et ignorante de leurs premiers rapports. L'expression du visage s'adaptait à la toilette, joliment attirante par la robe longue enveloppant tout le corps, en marquant les contours mignons et délicats des hanches, avec la taille très fine et mince. Elle souriait et, par ce sourire, elle révélait une perversité qui le pénétrait tout entier et agissait sur ses sens. Il sortit sur-le-champ sa queue en pleine érection, très forte, et murmura :

— Vous la reconnaissez aussi ?

— Oui, mais pour que je la voie bien, nous serons mieux dans le pavillon et je crois qu'on ne nous y dérangera pas, miss Sticker étant en ville.

— Vous voulez m'y suivre ?

— Menez moi.

— Oh ! pour sûr, que vous n'êtes plus la même !

En cet instant, comme pour le favoriser dans ses audaces, le vent tourbillonna dans les jupes d'Hilda, les fit battre de droite et de gauche, les souleva jusqu'aux épaules, découvrit les jambes avec leur riche pantalon jusqu'à hauteur de la ceinture. Il se précipita pour maintenir en l'air les atours, elle ne l'arrêta pas, il glissa la main à la fente du vêtement intime, parvint à la chair des cuisses. Son médium heurta le con, reconnut l'ouverture de la cage. Dans un accent où se mêlaient l'irritation et le désir :

— Oh ! Miss Hilda, on vous a dépucelée ! qui ça, dites-moi vite qui a fait ça ! Ah ! le cochon qui a commis cette saleté, si je le tenais je l'étranglerais des deux mains.

Avec le plus parfait sang-froid, elle répondit :

— Un cochon m'a dépucelée, soit ; mais si tu avais été le premier, c'est toi qui serais le cochon ! Si tu ne veux pas être le second, adieu, je n'ai pas de compte à te rendre.

— Ne vous fâchez pas, miss Hilda ! Vous comprenez, je me figurais que vous me donniez des droits !

— Des droits, imbécile ! Tu as ceux qu'il me plaît de t'accorder pour une minute. Si tu veux en user, fais-le ; sinon, encore une fois, adieu.

Il ne dit plus rien. Il souleva dans ses bras la mignonne Hilda qui se laissa prendre, et l'emporta en courant vers le pavillon. Il y entra comme un fou et il se précipita vers la chambre où il la jeta sur le lit, en la priant de se débarrasser de son pantalon pour qu'il puisse mieux goûter ses chairs. Ah ! il ne s'en repentirait pas, oh non ! il était ce qu'on appelait un bon tireur ! Il avait déjà dépucelé une jeunesse de la pension dans le temps ! Oh ! elle était partie depuis deux ou trois ans, sans en avoir parlé à personne ! Elle était plus âgée que miss Hilda, mais pas si gentille tout de même. Godden, quelle petite coquine ! Elle avait pris des cuisses et du cul, en quatre mois ! On devait la manœuvrer souvent.

— Doucement, doucement, Hippolyte, pousse doucement, ton machin me fait mal.

— Bah, bah, que le premier ait été plus petit n'empêchera pas le mien de passer ; votre jolie boîte contiendra très bien mon joujou.

Hilda recommençait à se tordre comme la première fois ! Vraiment, avec tous les hommes qu'elle verrait, est-ce qu'elle subirait un nouveau dépucelage ! Elle avait pourtant l'habitude ! Elle écartait bien les cuisses, son con se fendait, elle se ramassait sur les fesses pour bien présenter le terrain du combat, oui, oui, avec toutes ces petites manières, ses chairs prêtaient comme du caoutchouc, la queue d'Hippolyte s'enfonçait, la remplissait, la secouait dans ses entrailles ! Elle marchait, la pine chérie, selon l'expression d'Hippolyte ! Bonheur des bonheurs, il sentait toujours bien fort le bouc, cette odeur lui dilatait le cœur. Elle lui lécherait bien les couilles et avalerait encore son sperme ! Oh ! comme il pratiquait bien son con ! Il la tenait, il avait toute la pine dans son vagin ! Dire qu'une si grosse chose entrait dans un si petit trou ! Elle sautait en même temps que lui, elle était chaude et ardente ; cette sensation d'enfilage surpassait tous les saphismes de la terre, quel que soit le plaisir qu'elle pouvait prendre à faire jouir ses amies. Ah ! il lui donnait des coups de ventre, il l'écrasait, oh ! il la tuait ! Non, non, il la ressuscitait, il coulait dans ses veines son jus bouillant. Elle le mordit à la joue, à lui enlever un morceau de chair et il la fouetta avec colère pour l'avoir marqué ! Elle lui tendit ses lèvres, il les baisa ; il rebandait, il renouvelait l'assaut, quel homme !

— Hippolyte, où es-tu ? cria une voix, la voix de sa femme Margareth.

— Holà, qu'est-ce qu'elle vient foutre par ici ?

Il s'arracha des bras d'Hilda, l'enleva du lit, la cacha dans une armoire, courut vers sa femme dont le pas résonnait dans la pièce voisine.

— Qu'y a-t-il, que veux-tu ? demanda-t-il, sans s'apercevoir qu'il était tout débraillé.

— Et toi, que fiches-tu dans le pavillon à cette heure ?

— Je venais chercher des graines. Qu'est-ce qui se passe ?

— Pourquoi tu as la culotte ouverte, cochon ?

— Je voulais en changer.

— Bon, j'avais à te dire que miss Sticker t'a laissé l'ordre d'aller la chercher à la gare, tantôt. On avait oublié de te le faire savoir ce matin.

— On a juste le temps de s'habiller et d'y courir.

— Ne t'attarde pas, le train n'attend personne.

Margareth se retira et Hippolyte s'empressa de sortir Hilda de sa cachette.

— Elle nous enlevé le morceau de la bouche, dit-il, mais on le mangera quand même. Ne perdons pas de temps, revenez vite sur le lit.

— Oh ! j'ai peur ! regarde si elle est bien partie.

— Tenez, voyez derrière le rideau, elle est déjà loin.

— Alors, dépêchons-nous.

Elle était déjà sur le lit en position, les cuisses ouvertes et Hippolyte la reconquérait d'un second coup de queue, plus pénétrant, plus vibrant. Elle n'avait pas joui à la première décharge du sperme : la plus volumineuse envergure de la pine la préoccupait et elle redoutait qu'elle ne détraquât quelque chose dans la matrice : cette fois, elle y apporta plus d'entrain et se pâma sous la vigueur de l'assaut qui la secouait dans son vagin, dans tout son être. Ah ! quelle excellente idée elle eut de s'égarer de ce côté du parc ! Quelle douce et violente volupté en même temps de se sentir ainsi enconnée ! Et quel malheur d'être ainsi obligée de précipiter la chose ! Le train n'attendait personne ! Comme Hippolyte savait bien donner du plaisir ! Ils se décollèrent à peine, leurs chairs semblaient vouloir rester soudées. Ils auraient bien voulu tous deux continuer. Elle se lava sommairement et regagna les allées du parc pour réintégrer sa chambre et éviter toute surprise. Pour Hippolyte, revêtu, il se hâta de se rendre à la gare.

9

Miss Sticker débarquait au chemin de fer comme Hippolyte y arrivait. Elle avait le visage renfrogné des mauvais jours. Dans son voyage, elle s'était souvenue qu'elle devait Hilda au spectacle de la scène de suçage où elle la vit entre les cuisses de ce valet. En somme, cet homme la débaucha ; il était de retour la veille et elle partit sans prendre ses précautions pour éviter qu'ils ne se rencontrassent. À quoi pensait-elle là ! Sa petite Hilda, si fine et aussi douillette, pouvait sucer ce rustre lorsqu'on s'opposait aux éveils de sa luxure ; mais depuis qu'elle la traitait en favorite, depuis qu'elle l'avait dépucelée, depuis qu'elle lui accordait toutes sortes de licences, elle dédaignerait ce subalterne et elle rougirait de s'être abaissée à le faire jouir par sa bouche. Miss Sticker avait beau faire, une inquiétude la tourmentait et elle faillit revenir plus tôt. Que ne se décida-t-elle ! La vue d'Hippolyte, s'épanouissant dans une joie bête, lui serra le cœur. Elle avait l'intuition que le cochon l'avait cocufiée avec sa gentille favorite. Oh ! si elle les surprenait jamais ensemble, elle les tuerait. Hilda lui tenait fort à l'âme et aux sens. Miss Sticker donna ses paquets à porter au valet et on se mit en route pour l'Institution. Elle passa dans le pavillon d'entrée dont il avait la garde et y pénétra sous le prétexte d'examiner divers objets rapportés d'Écosse. Dans la maison, elle alla droit à la chambre, aperçut le lit saccagé qu'il avait eu le tort de ne pas arranger, et tout à coup tressaillit. Au pied du lit s'étalait un pantalon de demoiselle, et ce pantalon, elle ne pouvait pas ne pas le reconnaître ; il appartenait à Hilda. Elle se précipita dessus et ramassa tout près un mouchoir de dentelle, un de ses dons. Le visage empourpré de colère, soulevant en l'air le pantalon et le mouchoir, elle demanda comment ils se trouvaient là ?

— Je les ai ramassés dans une allée, madame la directrice, et comme j'avais juste le temps de me vêtir pour aller à la gare, je les ai laissés sur le lit d'où ils sont tombés par terre.

— Voilà qui est par trop étrange ! Lorsque vous partîtes pour l'Écosse, je surpris chez vous l'une de nos élèves ! Vous revenez d'Écosse, et je trouve un pantalon et un mouchoir appartenant à cette élève. Vous vous placez dans une bien vilaine situation. Je vais interroger miss Hilda et suivant sa réponse, je verrai la suite à donner à cette affaire !

— Mais, madame la directrice !

Hippolyte ressentait une terreur folle. En Angleterre, comme du reste partout ailleurs, on ne plaisante pas avec un domestique mettant à mal une fille de bonne famille. Les galères, peut-être la pendaison, se présentaient comme l'épilogue de ce foutu coup de queue. Pas un mot ne lui vint pour se justifier. Il n'eut confiance que dans le sang-froid d'Hilda et il ne retint pas la directrice qui le planta là et se dirigea vers les bâtiments scolaires en emportant le pantalon et le mouchoir. Miss Sticker monta droit à son appartement. La fureur la dominait. Elle rêvait de faire attacher Hilda au chevalet et de donner l'ordre qu'on l'écorchât vive sous les verges. Elle s'enferma dans sa chambre pour quitter sa toilette de ville et revêtir la robe de soie noire, insigne sévère de sa fonction. Le pantalon et le mouchoir gisaient sur un fauteuil. Elle ne cessait de les contempler, et un subit attendrissement la saisissait. La pauvre petite ne porterait plus ces jolies et longues robes qu'elle revêtait pour exciter ses paillardises ; elle n'ornerait plus ses jambes de ces coquets pantalons sous lesquels elle cherchait avec tant d'amour son petit con et son gentil petit cul. Oh ! le misérable valet : avoir profané une si exquise et si mignonne chair ! Sous le flot de nouvelles pensées qui l'assaillaient, elle tombait à genoux devant le fauteuil et, la tête sur le pantalon, elle, la sauvage, la farouche, l'intraitable miss Sticker, elle pleurait, comme ça ne lui était jamais arrivé ! Elle embrassait le cher vêtement intime, fouillait tous les coins et les recoins pour découvrir s'il avait été pollué ; elle n'y apercevait aucune trace suspecte. Elle prenait le mouchoir de dentelle, ce mouchoir qu'elle lui posait quelquefois sur le con pour qu'il s'imbibât de la cyprine, afin de le conserver la nuit à sa portée ; ce mouchoir dans lequel elle enveloppait aussi sa queue pour la faire bander et qu'Hilda lui retirait délicieusement avec les dents ; elle le baisait avec des transports fous. Non, non, elle n'aurait pas le courage de sévir contre la chère enfant ! Puis, elle pouvait ne pas être coupable. Que prouvait ce lit défait ? Que prouvait la trouvaille du pantalon et du mouchoir chez Hippolyte ? S'ils avaient fait l'amour, pourquoi signer leur faute en oubliant de tels accusateurs ? Elle se troublait à tort, elle allait interroger sa chère petite qui ne mentirait pas et le soir, il y aurait de grandes réjouissances pour toute la maison. Elle embrassa encore les objets aimés, se rendit dans son cabinet de travail et sonna ; Rosine parut.

— Prévenez miss Hilda que je l'attends, dit-elle.

— Bien, madame la directrice, mais miss Hilda prend un bain et ne peut venir sans se revêtir.

— Dans ce cas, je vais la retrouver.

Miss Sticker quitta son cabinet et se dirigea vers la salle de bains, une vaste piscine avec un bassin au milieu, autour duquel, donnant sur une large plate-forme recouverte de linoléum, se trouvaient quelques cabines. Elle demeura saisie en apercevant, assise sur un fauteuil en osier, Clary toute nue, que gamahuchait Hilda. Son saisissement égala du reste celui des deux gougnottes. Clary se redressa immédiatement, non sans quelque embarras, et Hilda, restant agenouillée, essaya de cacher la tête sous ses bras en l'appuyant sur le fauteuil.

— Voilà un genre de bain que je ne connaissais pas, murmura avec froideur miss Sticker.

— Nous nous sommes baignées ensemble, répondit Clary, et en sortant de l'eau, j'ai prié miss Hilda de me lécher les jambes.

— En vous léchant entre les cuisses ! Beau travail !

— Eh ! madame la directrice, quel crime y aurait-il à vouloir connaître un travail que vous appréciez au point de placer cette élève au-dessus même des professeurs de l'Institution !

— Clary !

— Vous ne pouvez qu'être flattée de remarquer combien on rend justice à votre bon goût et comment on y applaudit en le partageant.

— Vous dépassez les bornes du permis.

— Ne les avez-vous pas franchies ?

Hilda, roulant comme une boule, vint se jeter aux genoux de miss Sticker, lui embrassant le bas de sa robe et, gémissant, pleurant, dit :

— Ah ! Miss, pardonnez-moi, mais puis-je résister quand on vous commande, vous ne vous doutez pas des méchancetés auxquelles je m'exposerais.

— Qu'est-ce à dire, Hilda, vous violentait-on ?

— Je n'étais pas là de mon plein gré.

— Que signifie ceci ?

Clary croisa les bras et répondit :

— Entre une élève et moi, vous ne pouvez hésiter, miss Sticker ! Je vous assure qu'ayant vu cette petite ordure rentrer sournoisement, je l'ai rejointe dans sa chambre au moment où elle faisait sa toilette, et il m'a été permis de relever, dans la cuvette, des taches témoignant qu'elle devenait le réceptacle d'une faute autrement grave que celle-ci.

Miss Sticker sentit la colère qui s'emparait de nouveau de son cœur, elle repoussa du pied Hilda et reprit :

— Dites la faute, Clary, dites-là, je vous en conjure, et la coupable l'expiera cruellement.

— Grâce, pitié, implora Hilda, enlaçant les jambes de miss Sticker par-dessus la robe, tout le monde est après moi parce que vous me protégez, parce que j'obtiens de votre bonté de grandes joies pour l'Institution, et il y en a, surtout dans les maîtresses, qui me jalousent, m'espionnent, me tendent des pièges.

Miss Sticker éprouva de l'hésitation, oh ! cette fillette-femme agissait sur sa cérébralité et sur ses nerfs ! Oh ! elle la désirait en cet instant même, elle luttait contre la tentation de l'emporter pour la baiser, la reprendre, la garder bien à elle ! Bah ! elle la baiserait plus tard, si le désir ne se calmait pas ; mais il importait de lui donner une rude et sévère leçon, si vraiment elle avait été coupable. La maîtresse de Jean Sticker pouvait se livrer au saphisme avec ses compagnes, elle ne pouvait pas nouer des relations avec un autre homme. Sans lui répondre, elle dit :

— Parlez, Clary, je dois tout savoir.

— Cette élève n'est plus pucelle : dans l'eau il m'a été possible de le constater, si toutefois j'ai eu des doutes. Dans la cuvette, il surnageait les résidus d'un récent contact mâle, et la chemise d'Hilda que je vous invite à examiner dans la pièce du déshabillage, est maculée de marques spermatiques.

— Ah ! monstre de fille, monstre de femelle, qu'as-tu fait ?

Une énorme gifle jeta Hilda de tout son long sur le linoléum ; elle s'abattit, couvrant sa figure de ses mains. Miss Sticker, accroupie sur elle, la frappait avec une rage féroce lui tirant les oreilles, la fouettant, la criblant de coups de poings, risquant réellement de la tuer tant la fureur l'aveuglait. Clary attrapait miss Sticker par les mains, luttait pour l'enlever de dessus Hilda, sans y parvenir. La pauvre petite s'abandonnait à la peur, à la honte, au désespoir : elle prit le parti le plus sage, simula un évanouissement, ferma les yeux, poussa un gros soupir et ne remua plus. Cela produisit l'effet d'une douche d'eau froide sur la colère de la directrice : elle suspendit les coups et murmura :

— L'aurais-je tuée !

L'imprudente Hilda eut tort de croire à un regret et elle fit un faible mouvement. Espérait-elle, sur la tristesse effarée de l'exclamation, retrouver son prestige de petite maîtresse ! Miss Sticker rassurée, se redressa, et, d'un ton sec, reprit :

— Vous êtes vivante, miss Hilda, le ciel en soit béni, debout.

Toujours persuadée, malgré le changement de la voix, que la tempête se calmait, la favorite se releva, les yeux humides, l'attitude humble et soumise. Miss Sticker agita une cloche d'appel et une servante accourut.

— Jenny, lui dit la directrice, la chemise de toile et les sandales pour miss Hilda.

La pauvrette recommença à trembler, l'affaire tournait mal, très mal. Quelques secondes après, Jenny lui passait au cou une chemise de toile commune, lui ramenait le bas sur la tête, pour l'entortiller et l'attacher autour des épaules, étalant tout nu l'arrière de son corps, depuis le haut du dos jusqu'aux pieds chaussés des seules sandales. Quand elle fut ainsi prête, miss Sticker ordonna :

— Vous allez sonner le rassemblement de toutes les divisions devant leurs salles d'études, et vous ferez marcher miss Hilda en vue de toutes les élèves en lui donnant des coups de martinet sur les fesses. Attachez les mains. Si elle se laisse tomber, prenez la férule et tapez sur les épaules, sur les bras, sur les reins et sur les cuisses.

Hilda voulut s'agenouiller pour demander encore grâce, miss Sticker continua :

— Attachez ses mains. Quand elle aura passé devant toutes les divisions, vous la descendrez au cachot et vous l'enfermerez dans le numéro 2. Vous donnerez alors l'ordre d'arranger la salle de punition pour la flagellation à la Brunehaut. Clary vous préviendrez toutes les maîtresses de faire revêtir les toilettes de châtiment aux élèves. L'exécution aura lieu ce soir, à neuf heures.

— Oh ! Miss Sticker ! Oh ! Miss ! gémit Hilda, vous allez déchirer un corps qui vous aime, c'est mal, c'est très mal !

— Emmenez-la, commanda durement miss Sticker.

Dans une marche lente, où les genoux s'entrechoquaient sous la douleur, la confusion, le repentir, miss Hilda, la gentille petite favorite, subit un réel supplice moral et physique. Elle marchait, les mains liées par les poignets, flagellée par le martinet dont les coups retentissaient sur son joli postérieur en pleine formation de rondeurs blanches et fournies, se teintant de lignes rougeâtres ! Ah ! comme il se resserrait sous le châtiment, et comme la fente s'évasait avec peine sous le pas en avant : les rebords bombés et satinés qui surmontaient le gras des cuisses, s'agitaient en frémissements convulsifs et il semblait par instant que la vulve oscillait sous le claquement de l'extrémité d'un des crins. On s'arrêtait quelques secondes devant chaque groupe d'élèves et, le visage sillonné de larmes, la tête penchée sur la poitrine, Hilda craignait de défaillir en affichant l'affaissement de son prestige en face de celles à qui elle valut des faveurs particulières, de celles qu'elle gougnotta dans la superbe audace acquise par la haute protection de son amant. À chaque arrêt, la justicière Jenny, disait :

« Grande punition de miss Hilda, surprise en vilaine faute par miss Sticker. Prenez garde à vous-mêmes et ne fautez pas. »

Un coup de martinet sur le pauvre cul d'Hilda soulignait ce conseil, et la marche reprenait. Ainsi toute l'Institution apprit que miss Hilda venait de commettre quelque chose d'horrible, qui, malgré son favoritisme, rouvrait l'ère des atroces corrections et c'était à qui s'effarerait, à qui tremblerait. Que s'ensuivrait-il ? Hélas ! sans doute plus de ces récréations prolongées, qui adoucissaient ces temps si pénibles de l'internat ; plus ces laisser-aller où l'on s'appliquait à épeler les plaisirs de la chair ; même celles que dégoûtaient la débauche et la luxure, redoutaient à cette heure un changement de régime.

10

Miss Sticker était remontée à son cabinet et, seule, elle s'écroula sur son fauteuil de travail, le front soucieux, l'âme chagrine. Agissait-elle bien, agissait-elle mal ? En somme, il lui incombait une lourde part de responsabilité dans la dépravation de cette enfant. Un remords l'atteignait. Chez Hilda, elle ne châtiait pas cette dépravation mais bien plutôt l'offense faite à son titre d'amant. Elle commettait un abus de pouvoir ? Comment réagir contre la folle colère qui renaissait en évoquant la faute ! Quoi, elle avait dépucelé avec tant de difficulté cette fillette de quatorze ans, et un rustre, certainement plus fortement membré dans sa queue, jouissait dès son retour du jeune con qu'elle se croyait réservé grâce à la faveur extraordinaire dont elle le comblait. Quelque chose se détraquait en son âme qui l'inquiétait et alourdissait son existence. Jamais plus elle ne retrouverait cette fièvre de volupté qu'elle éprouvait dans le câlin et enfantin amour de son Hilda si mignonne, si gentille ! Miss Sticker se sentait le cœur amolli et une sourde douleur la rongeait. Ah ! il ne fallait pas s'abandonner ! Il ne manquait pas de pucelles dans l'établissement ! Une autre remplacerait Hilda, et une autre ensuite, trois, quatre, etc., jusqu'à ce qu'elle rencontrât une nature sincère et solide, et celle-là, elle la formerait bien à son idée. Et d'abord, elle allait commencer par remettre en honneur la Française avec laquelle les sens ne demandaient qu'à vibrer. Oh ! elle ne la perdait pas de vue et en usait de temps en temps ! Celle-là, pourvu qu'on l'encourage, vous accaparait et vous dirigeait dans le plaisir, sans que la pensée caressât des fleurs de sentimentalité à côté. Elle fit mander Reine sur-le-champ, et dès qu'elle l'eut près d'elle, l'asseyant sur ses genoux, elle lui dit :

— Tu as vu Hilda ? Supportait-elle bien sa punition ?

— Pauvre petite, qu'a-t-elle fait ?

— Elle s'est fait baiser par un de nos valets.

— Ah !

Reine sentit des frissons lui chatouiller le crâne. Qu'arriverait-il si miss Sticker découvrait ses fredaines avec Fréfré, le beau maître d'équitation qu'elle recevait souvent dans sa chambre, la nuit, et dont elle eut une fois la peur d'avoir été engrossée ! Heureusement que ce ne fut qu'une erreur, et ça ne la corrigea pas pour récidiver. Miss Sticker se méprit sur son exclamation, lui prit une oreille entre ses lèvres et reprit :

— Hilda était bien trop jeune pour répondre à tout ce que j'attendais d'elle ! Je n'aurai pas de ces surprises désagréables avec toi, ma petite Reine. J'ai été une ingrate ! Tu songeais sans cesse à éveiller mes sensualités, tu ne jalousais personne, il te plaisait de me créer des concubines, adorable petit sujet, nulle ne convient mieux que toi pour occuper cette place de favorite. Tu es une coureuse de jupes, c'est vrai, mais en courant tu cherches à être agréable à qui tu aimes et tu t'es toujours montrée la fidèle maîtresse de l'amant que j'étais.

— Je t'aimais, Jean, comme je t'aime encore ; mais l'homme est volage et devant tant de petites pucelles qui ne demandent qu'à ne plus l'être, je devais me douter qu'un jour ou l'autre tu userais de ton influence pour augmenter ton sérail de fleurs plus fraîches ! Tu avais eu la main heureuse avec Hilda, un peu trop jeunette pourtant, mais ayant tout ce qu'il fallait pour te rester constante, comme moi. Avec quel domestique a-t-elle pu se laisser aller ?

— Avec le mari de Margareth, avec Hippolyte Grandsen.

— Et tu le gardes à la maison !

— Oh ! non, le cochon ! Dès demain, il aura congé ; mais ça n'excuse pas Hilda. Dis, ma petite Reine, redeviens la petite déesse de Jean Sticker, et puisque tu n'es pas jalouse, indique-moi une de nos pucelles qui, sous tes bons conseils, tiendrait mieux sa place qu'Hilda.

— Il me peinerait de te voir garder rancune à cette pauvre petite. Elle a tout le caractère voulu pour ne froisser personne dans les faveurs que tu lui accordes.

— Ne me parle pas d'elle ou j'ordonne qu'on t'applique le même châtiment.

— Fi du méchant, qui ferait abîmer les nénés de Reine qu'il suce avec tant de plaisir.

Sachant qu'elle le prenait toujours ainsi, Reine dégrafant son corsage, lui avait tendu les beaux fruits d'amour acquérant de plus en plus de l'ampleur et de la forme, et miss Sticker y jetant une bouche gourmande, murmura :

— Procure-moi une pucelle de ton choix.

Reine n'ignorait pas que Jean Sticker avait dépucelé Aline et Christya qui ne lui cachaient rien de leurs aventures de luxure. À cette prière de son amant, elle eut de suite la pensée de Lisbeth.

Celle-ci ne dissimulait pas dans ses discours qu'elle enviait la chance de ses camarades d'avoir été remarquées et jugées dignes d'un caprice de la puissante directrice, se transformant en homme pour les besoins de ses paillardises ; elle affirmait tout le bonheur qu'elle éprouverait à jouer le rôle d'héroïne d'une de ces aventures et à essayer de supplanter tout au moins cette bêtasse d'Hilda. Pour Reine, on savait bien qu'elle était hors de concours et qu'elle gardait un rang très honorable chez les odalisques de la direction. Ainsi parlait Lisbeth. Caressant les lèvres de Jean Sticker de la pointe d'un de ses seins, Reine lui dit :

— Eh bien, j'en connais une qui ne te donnera pas trop de mal à dépuceler, j'en suis certaine, à la condition de bien suivre mes indications. Hein ! suis-je assez complaisante !

— Oh ! parle vite ! Tu es mon adorable petite fée !

— Si tu en as si envie, Jean, pourquoi n'uses-tu pas de ta petite fée ?

— Ne t'ai-je pas quand je veux, ma mignonne ! Et une pucelle à attaquer en sachant qu'on peut marcher sans crainte : tu me mets le sang à l'envers.

— Tu fais des progrès dans la cochonnerie, Jean, et tu me plais encore plus à cause de cela ! Tu as encore de tes anciens dessous de caractère, nous les brûlerons ensemble. Voilà ce que tu vas faire : te rendre dans ma chambre, t'y cacher et y attendre Lisbeth que j'y enverrai, en la priant de s'y mettre en chemise, pour que je la suce bien, sitôt que je la rejoindrai.

— Lisbeth !

— Tu l'as déjà goûtée des mains et de la bouche, te rappelles-tu, dans ton cabinet, sans lumière ?

— Oui, oui, c'est elle qui paria de descendre toute nue au vestibule d'entrée. Comment n'ai-je pas encore pensé à cette petite ?

— Petite ! Dix-sept ans, et bâtie ! Donc, tu seras dans la chambre, tu la laisseras se déshabiller, et quand elle sera en chemise, tu te montreras. La suite t'appartient.

— Oh ! cet amour de Reine ! Elle trouve sans chercher la concubine la plus capable d'effacer Hilda de mon esprit ! Lisbeth, une enfant qui a grandi dans la maison, que je connais depuis des années, une nature intelligente, qui s'est bien formée et que tu as déniaisée, chère petite vicieuse. Je cours à ta chambre.

Reine, un peu narquoise rajusta ses nichons, non froissée de ce que la faveur dont elle jouissait se consolidait par cette qualité de se poser en entremetteuse, fournissant des pucelles, disposées à ne plus l'être, à sa puissante protectrice. Que lui importait ! Elle reconquerrait de l'empire sur Jean et elle en profiterait pour continuer à vivre ses fredaines. Elle laissa miss Sticker aller se cacher dans sa chambre et se rendit à l'étude des grandes où elle savait devoir trouver Lisbeth. Là, la sous-maîtresse ne surveillait presque plus jamais. S'installant à côté de son amie à une place vide, elle lui murmura :

— Lisbeth, une bonne nouvelle ! La directrice me revient comme par le passé ! Elle compte oublier par moi cette petite sotte d'Hilda ! Je sors de son cabinet. Elle m'accordera tout ce que je voudrai ! Hilda a montré le chemin ! On peut s'offrir toutes sortes de plaisir ; mais on ne cause pas à l'aise ici, va

dans ma chambre où je te ferai jouir et nous étudierons ensuite ensemble ce que je proposerai à miss Sticker. Tu veux
bien, dis ?

— Oh ! oui, Reine ! J'ai toujours envie de ton museau entre
mes cuisses.

— En m'attendant, tu te mettras en chemise ! J'ai à passer à
mon étude pour qu'on y reste tranquille.

Les deux amies sortirent de la salle ; la combinaison de
Reine réussissait. Lisbeth se rendit directement à la chambre
de sa compagne : elle savait n'avoir rien à craindre. Elle chan-
tait un petit air guilleret tout en se débarrassant de sa robe,
de ses jupons, de son pantalon, de son corset ; on ne se gênait
vraiment plus dans l'Institution Miss Sticker. En chemise,
qu'elle remonta sur le con, elle se mirait les seins, le ventre,
le minet, les cuisses dans une glace et soudain, dans la petite
admiration avec laquelle elle examinait les jeunes beautés de
son corps, elle aperçut, derrière, le visage de miss Sticker. Elle
poussa un léger cri. La main de la directrice s'appuyait sur
sa bouche, mais cette main ne causait aucun mal et, de plus,
l'autre voyageait à travers ses cuisses, vers son con. Elle voulut
repousser cette audacieuse et murmura :

— Miss, Miss !

— Taisez-vous, Lisbeth, vous ne m'empêcherez pas de
vous dire que vous êtes une belle et jolie fille ! Mes compli-
ments, tu as là un joli minet, bien duveté, blond foncé, et voici
des tétés que bien des femmes envieraient ! Faut-il citer ton
postérieur, eh ! eh ! le martinet te l'a fait pousser ! Tu es char-
mante et grassouillette à point, prête à croquer. Tu mérites de

figurer parmi nos plus séduisantes pucelles !

— Miss, Miss, vous me chatouillez !

— Tais-toi, ou je te condamne au chevalet ! Allons, lève ta chemise, que je te prouve mon affection.

Toute rouge et tout émue, Lisbeth obéissait. Était-ce l'aventure pareille à celle d'Aline qui s'offrait ? Reine la lui avait-elle préparée ? Oh ! elle ne la refusait pas ! Elle apparaissait nue sous les yeux de la directrice qui la patouillait et qui, sans doute suffisamment excitée, s'empressait de se dévêtir et d'afficher l'homme qu'elle était ! Lisbeth ne s'étonnait pas de cette métamorphose, et miss Sticker, Jean Sticker plutôt, ne remarquait pas cette absence d'étonnement. Un gros soupir gonfla la poitrine de la jeune fille qui se laissa conduire vers le lit que cette coquine de Reine prêtait à la débauche des unes et des autres. Lisbeth s'y abattait, la tête déjà perdue dans l'espérance de la sensation inconnue qui se préparait, et Jean, très surexcité par toutes les secousses subies depuis son retour de la ville, se ruait sur son corps. Ah ! que de choses luxurieuses admises depuis le temps où la Française gamahuchait ses camarades, Lisbeth se chargeant de faire le guet pour éviter les surprises désagréables ! Elle en était venue à s'abandonner à cette débauche qui gangrenait tout sur son passage. Elle avait goûté à pleines lèvres à la coupe du saphisme, tantôt idole adulée et caressée, tantôt fervente prêtresse d'une compagne voulant la passivité ! Elle se rangeait avec amour dans l'état-major de la Française, dont elle restait une des préférées et de qui elle apprenait les savantes mignardises, arrachant la pâmoison à l'aimée ; elle ne cachait pas ses liaisons successives avec Aline,

Jane et Christya, dont elle fut la plus ardente gamahucheuse. Et tout cela la couchait dans les bras de Jean Sticker. Elle se prêtait avec délice à sa main qui la branlait, se faufilait vers son con pour en sonder les facilités d'attaque ; elle donnait ses lèvres aux baisers de l'amant qui s'appliquait à endormir ses défiances, elle veillait à affecter les plus vaillantes dispositions pour supporter l'œuvre qui s'apprêtait ; elle aspirait à devenir femme et vouait à Reine une profonde reconnaissance d'avoir emmanché cette affaire. Et la pensée de Jean, par un effet de communion voluptueuse, remerciait sa première favorite de la divine houri qu'elle livrait à sa concupiscence. Oui, oui, c'était un choix on ne peut plus heureux ! Lisbeth réunissait en sa personne les attraits d'Hilda et de ceux de Reine ! Elle avait la taille fine, à la prendre pour une fillette, par son gentil petit air mutin et elle possédait des nénés bien ronds, avec un gros derrière qu'il enculerait dans une prochaine séance ; ses cuisses grasses et fortes répondaient très bien à la pression des siennes. Oh ! celle-là n'écopa pas dans les dures corrections et elle le prouvait par sa confiance si vite venue ! Jean Sticker tenait une nouvelle pucelle sous son empire, et elle se rendait avec une joie qui ne permettait pas de soupçonner de sa part quelque souffrance. Cependant la déchirure tardait plus à se produire qu'avec Aline et Christya ! Il fallait qu'elle s'accentuât, à force de pousser. Jean l'élargit, aidé par la complaisante attitude de Lisbeth et sa queue pénétra toute fière dans ce vagin virginal. Alors s'il y eut un peu de sang sur les chairs, le combat ne marcha qu'avec plus d'entrain. Bien collés l'un à l'autre, se secouant avec la même fougue, ils ne tardèrent pas à éprouver la divine sensation. Jean jouit et déchargea, comme s'il baisait sa petite Hilda, et à peine terminait-il que, se soulevant de Lisbeth, il lui dit :

— Ce soir, tout à l'heure, au supplice d'Hilda, je t'installerai dans un fauteuil à côté du mien, et elle souffrira encore davantage en sachant que tu es maintenant la favorite ! Et tout le monde le saura.

— Moi, Lisbeth ? Et Reine ?

— Elle sera ce qu'elle a toujours été, la graine de luxure de l'Institution.

Table des matières

www.grandsclassiques.com

ISBN ebook : 9782512008668
ISBN papier : 9782512009863
Dépôt légal : D/2018/12603/169

Couverture : © Hélène Massart

Conception numérique : Primento, le partenaire numérique
des éditeurs